ラルーナ文庫

雷神は陰陽師を恋呪《れんじゅ》する

雛宮さゆら

三交社

CONTENTS

Illustration

まつだいお

雷神は陰陽師を恋《れん》呪《じゅ》する

本作品はフィクションです。
実際の人物・団体・事件などにはいっさい関係ありません。

序章　予兆――豪雷

凄《すさ》まじい雨が降っている。荒れ狂うように風が吹いている。

恵良孝保《けいらたかやす》は、その様子を局《つぼね》の御簾《みす》越しに見つめていた。縁は叩《たた》きつける雨に濡《ぬ》れて、御簾も風にばたばたと暴れている。その様子を、孝保は横になって見ている。

女房たちはこの風雨を恐れて局の奥に引っ込んでしまっている。それでも孝保は嵐《あらし》を見るのが好きだった。自分が濡れてしまうのはいただけなかったが、常とは違う風景、刻一刻と変わっていく景色を見るのが好きだったのだ。

孝保が雨天の空を見つめているのは、それだけが理由ではなかった。孝保は傍らの白い犬を撫《な》でている。犬は耳を伏せて小さくなっていた。本来なら人の子よりも大きな体をした犬なのだけれど、今はまるで丸い毛玉だ。

「酷《ひど》い嵐だな、茜丸《あかねまる》」

「まったく、です」

茜丸と呼ばれた犬は、人間の言葉でそう言った。

「このような嵐は、敵《かな》いません。早くやんでくれればいいのですけれど」

「そう早くはやまぬだろう。きっと、今夜いっぱい降り続ける」

「ひぇぇ」

茜丸は、ますます身を小さくした。孝保は笑って、それを見やる。

「あ」

思わず、声があがった。雨の間がぴかりと光り、稲妻が走ったのだ。同時にごろごろと雷が鳴り、寝殿の局の奥からは女房たちの「きゃあー！」という叫び声が響き渡る。

「うわぁぁぁ！」

「雷、か」

孝保は体を起こし、雷に目を凝らした。そうでなくても常ならぬ天候は、陰陽師《おんみょうじ》である孝保にとって先を占う材料になる。嵐は酷く、これ以上続くようなら陰陽寮に向かいほかの陰陽師たちと相談する必要があるところだった。しかしそれよりも前に、雷の光は孝保の目の前に降ってきた。

「ほぉ、たいした雷だ」

「呑気《のんき》なこと、言わないでくださいよぉ……」

茜丸は本気で怯《おび》えている。雷の光はぴかぴかと、間にごろごろと凄まじい音を立てて庭に響き渡った。

「ひぃぃぃ！」

また叫び声をあげて、茜丸はますます小さくなってしまう。とはいえ、童ほどもある大きな犬だ。小さくなるとはいっても限界があって、丸くなっている茜丸を孝保はとんとんと軽く叩いた。

「まぁ、それほど怯えるな。この嵐、勢いほどたいしたことは……」

孝保は、はっと目を見開いた。ひときわ大きく、空が鳴ったのだ。目の前が真っ白になった。耳が利かないほどに大きな音と、目が見えなくなるほどの光。

（これほどの雷……）

予想だにしなかった。てっきりただの嵐だと思ったのに、このように凄まじい音と光を連れて落ちてくるとは思いもしなかった。

「ひゃぁぁぁぁ！」

叫んだのは茜丸だ。丸く、まるで岩のように固くなってしまって、しかし孝保も彼を撫でることを忘れて、目の前の光景に見入った。

「なんと……」

甚《はなは》だしい雷は、庭の桜の大樹を引き裂いていた。百年以上の樹齢を持つと言われていた桜は、いまや黒焦げになりぼろぼろに裂かれ、もとの姿を想像することもできない。

孝保は大きく目を見開き、言葉を忘れて桜の大樹、だったはずの黒焦げの株に見入っていた。雨はなおも降り続け、風も強い。しかしそれ以上に、落ちてきた雷はこの恵良家の者たちに衝撃を与えた。

「不吉な」

ぴくり、と耳を動かしたのは茜丸だった。彼は恐る恐るというように顔をあげ、その青い瞳《ひとみ》で孝保を見た。

「不吉、とおっしゃいましたか」

「ああ。あの大樹が引き裂かれるほどの雷だ。なんぞ……我が家に累《るい》を及ぼすことがなければいいのだけれど」

「きゃんっ」

茜丸は小さく鳴いて、孝保に縋《すが》りついた。再び彼の柔らかい毛並みを撫でてやりながら、湧《わ》きあがる感覚に孝保は身を震わせる。

（……厭《いや》な予感がする）

孝保は、胸のうちで独りごちた。

（なにかが起こる。なにか、私の運命を変えるような）

「孝保さま？」

「……なんでもない」

なおも桜の樹があったそこを見つめながら、孝保は口もとを扇で覆った。茜丸が、じっと見つめてくる。

「なんでもないよ、おまえが懸念することではない」

「ならば、いいのですが」

茜丸も桜の残骸《ざんがい》を見やる。しかし図体のわりには意外に恐《こわ》がりのこの犬は、また声をあげて小さく丸くなってしまった。

第一章　民間陰陽師との戦い

恵良孝保は、陰陽寮に勤める、従七位上をいただく陰陽師のうちのひとりである。

あの嵐ののち、恵良家は大騒ぎだった。なにしろ、庭の象徴だった百年の大樹が倒れたのである。すわ、家の一大事だと驚き騒ぐ者たちを治めるのに、大変な思いをした。

（確かに、不吉は不吉だ……が、あれは家の者に累をなすものではない）

出仕のため、御所までの道を歩きながら孝保は思い返した。足もとには、いつもどおりに茜丸が従っている。

（私だろう。あの雷が狙《ねら》っていたのは、私）

それは陰陽師としての勘だったが、あながち間違ってもいないだろう。なにゆえ雷などに狙われるのかはわからずとも、累は我が身にやってくる――孝保はそう予感していた。

「……は」

そしてそれは、確かにそのとおりだったのである。

美福門《びふくもん》をくぐって大内裏に入り、陰陽寮に足を踏み入れた孝保は、上司である陰陽博士に呼び止められた。

「そなたが行け。頭の少弐《しょうに》からのお達しだ」

「なにごとです」

頭の少弐は従五位下の陰陽頭の地位をいただいていて、なおかつて太宰府《だざいふ》にて位を得ていたことから、そう呼ばれている。正七位下である陰陽博士よりもさらに上の上司に当たり、その命《めい》を断ることなど許されなかった。

「東市《ひがしのいち》に、陰陽道をして人心を惑わす陰陽師がおるとのことだ」

陰陽博士は、煩わしいことを口にする、というように言った。市に出現するということは、民間陰陽師である。朝廷は民間陰陽師の存在を認めていない。存在するはずのない、言わば幽鬼のようなものが善良な民を誑《たぶら》かしているとなれば、上司の命令ではなくとも、孝保も乗り出すのにやぶさかではなかった。

「かしこまりました」

礼を取って、孝保は答えた。孝保の素直な態度に陰陽博士は、満足そうにうなずいた。

「私がまいりまして、その民間陰陽師とやらを潰《つぶ》してまいりましょう。陰陽博士どのは、私の持ち帰る結果をお待ちいただけましたら幸いにございます」

「よき結果を見せてくれること、期待しておる」

陰陽博士はそう言って、寮の奥に足を進めて行ってしまった。孝保は足もとを見やり、するると茜丸が尾を振っている。

「まいりましょう」

仕事と聞いて、茜丸は張りきっているようだった。

「民間陰陽師など、ぶっ潰してやりましょう。ほら、孝保さま。お早く」

「まぁ、待て。民間とはいえ、相手も陰陽師だ。いろいろと用意しておかねば」

孝保は懐に収める筆記用具と、札を何枚か胸もとに入れた。陰陽道の術を使うための符《ふ》呪《じゅ》である。それを待ちきれないというように、茜丸は尾をぱたぱたとさせていた。

「どれほどの者でしょうね？　まぁ、民間で陰陽師をやっている程度の者だ、孝保さまの相手にはならないでしょうけれど」

「油断は禁物だ、茜丸」

筆記用具を入れた胸もとを、ぽんと叩いて孝保は言った。

「民間だからこそ、どのような技を使ってくるかわからぬ。用心に越したことはない」

「そのようなものですか？　孝保さまの技を使えば、そこいらの陰陽師などひとひねりだと思いましたが」

「油断大敵だぞ」

さらに窘《たしな》めるように、孝保は言った。

「おのれの力を過信することほど、愚かなことはない。いつでも準備は万全に、満を持さなくてはならない」

「ああ、もう、まどろっこしい！　準備はできたんでしょう？　早く行きましょう！」

茜丸は、しっぽをぱたぱたと振っている。彼の背中をぽんと叩き、孝保は足を踏み出した。朱雀門《すざくもん》を出て、大通りへ。件《くだん》の民間陰陽師は東市にいるということだから、まずはそこに向かうべきだろう。

「あ、わんわん！」

茜丸は人なつこい犬である。通りがかった童に声をかけられると、そちらを振り向く。わん、とひと声鳴いてみせ、ふるふるとしっぽを振る。すると童は喜んで、駆け寄ってくると小さな手でぺたぺたと茜丸を撫でた。

「わんっ！」

「きゃー！」

童の母親が、恐縮している。小さな子供はなおも遠慮なく茜丸を撫でまくり、茜丸はおとなしく撫でられていた。

「申し訳ありません」

「とんでもございません」

そう言ったのは、もちろん孝保だ。茜丸は人語を解する犬であることなどおくびにも出さず、孝保から見るとわざとらしいくらいに「わんわん！」と声をあげている。

しかし孝保たちは、童と遊ぶために歩いているわけではない。ふたりはさりげなく親子から遠のき、はしゃぐ童をあとにして再び歩き出した。

「普通の犬のふりが、堂に入っているな」

「孝保さまこそ、何気ない態度が堂に入っています」

ふたりは、くすくすと笑い合う。そんなふたりをすれ違った男が驚いて見ていて、ふたりはまた笑ってしまう。

「おまえの力を借りるかもしれない」

笑いの中にも、真剣な色を込めて孝保は言った。

「心しておいてくれ。そうならないのが、一番いいのだけれど」

「いつでも、私をお使いください」

顎《あご》を引き、胸を張って茜丸は言う。

「孝保さまのお役に立てるのなら、これ以上のことはありません。私は、孝保さまのお力になるためにいるのですから」

「そうだな」

茜丸はただの犬ではない――神獣だ。狼《おおかみ》の血を引き、陰陽道を極めんとする孝保がはじめて召喚した式神《しきがみ》であり、孝保の第一の従者だ。

「頼りにしている。さっ、行くぞ」

言うと、茜丸は何度も尾を振った。その青い瞳はきらきらと、孝保の手伝いができるのが嬉《うれ》しくてたまらないようだ。

行き交う人は多く、東市の賑《にぎ》わいを想像させる。そこで人心を惑わす民間陰陽師を蹴散《けち》らしてやらなければならない。

「着いたぞ」

東市は、たくさんの人で溢《あふ》れていた。米、餅《もち》、菓子、野菜、糸、布、着物、さらには玩《がん》具《ぐ》、仏具、紙、筆などを売る者、芸を見せる者、猿を使った芸もある。

「ふわぁ……」

「茜丸、ぼうっとしているとはぐれるぞ」

孝保は、茜丸の背中をぽんぽんと叩いた。茜丸は、はっとしたように前を見て、両脚に力を入れて歩きはじめた。

「陰陽師、か」

これだけの人がいて、店が開いているのだ。陰陽師が店屋をしつらえていても不思議ではなく、孝保は目を凝らして歩いた。

「あ」

ひとつ、藁葺《わらぶ》きの小さな小屋があった。それを目にして、孝保の胸がどきんと鳴る。

「茜丸」

「あれですね」

看板もなにもないが、人が大勢たかっている。老若男女、集まっている者たちはさまざまだけれど、皆一様に好奇心を湛《たた》えて小屋の中を覗《のぞ》き込んでいる。

「気が伝わってきます。陰陽道を使う者の、気」

「やはりおまえも、そう思うか」

集まる者たちに混じって、孝保も中を覗き込む。小屋の中は狭く、ひとりの狩衣《かりぎぬ》をまとった男と、汚れた単衣《ひとえ》をまとった女が向き合っている。ふたりは小さな声で話し合っているが、やがて狩衣の男が印を組み、合掌し、呪《しゅ》を唱えはじめた。

「南無本尊界摩利支天来臨影向其甲守護令給え」

そして九字《くじ》の切方《きりかた》を見せる。単衣の女は神妙な顔をして陰陽師の前に座っていて、その女の体から、ふわりと黒いものが浮きあがった。

「あっ」

小さな声でそう言ったのは、茜丸だった。茜丸もあの黒いものを見たに違いない。逆に力のない者は、あれを見ることはできないのだ。

(摩利支天の切方だ)

そして陰陽師は、ぽんと女の背を叩いた。するとその黒いものは靄《もや》になって空に消え、女はほっと大きく息をついた。

(本物だ)

女には、物の怪《け》が憑《つ》いていた。陰陽師は九字でそれを祓《はら》ったのだ。山となった見物客にはわからないだろうけれど、孝保にはすべてが見えた。そしてあの陰陽師が、ひとかたならぬ者であることを知ったのだ。

(何者だ?)

ごくり、と孝保は息を呑《の》んだ。

(ただの民間陰陽師には見えない。このようなところで芸を売っている者には……)

「孝保さま?」

気づけば孝保は、人垣をかきわけて、陰陽師の前に立っていた。歳《とし》のころは二十七、八。すらりと色白の、見目のよい男だった。

その、どこか青みがかった瞳がじっと孝保を見た。その視線にたじろぎながら、孝保は声をあげる。

「そなた、民間陰陽師」

できるだけ、威厳を感じさせる声で孝保はそう言った。

「出てこい。私は、陰陽寮から来た」

「ほぉ……陰陽寮から」

民間陰陽師は、興味深そうな声をあげた。立ちあがって孝保の前に立ち、すると彼が頭ひとつ、孝保よりも背が高いことがわかった。

その威圧に負けないように、孝保は胸を反らせる。そしてなおも重々しい声で言った。

「陰陽寮から、達しが来ている。人心を惑わす民間陰陽師、その活動は認められぬ」

「認められぬ、と」

鷹揚《おうよう》な調子で、民間陰陽師は言った。その口調には陰陽寮の達しに従うつもりなど微塵《みじん》も感じられず、孝保はむっと眉《まゆ》をひそめた。

「私は、誰《だれ》に認めてもらう必要もない。私の腕ひとつで、ここに店屋を出している。おまえのような者の出る幕はない」

ひと息にそう言い放って、そして民間陰陽師は孝保を睨《にら》んできた。孝保はますます気持

ちを逆撫でされる。

「腕ひとつ、とな」

孝保は、ぎゅっと自分の二の腕を握った。

「それならばその腕、どれほどのものか見せてもらおうか！」

「孝保さま！」

ぎょっとしたのか、茜丸が声をあげる。犬が人語をしゃべったということでまわりの者がざわりとしたが、孝保はそのようなことには構っていられない。

両手を揃《そろ》え、印を組む。

「タリツ、タホリツ、ハラボリツ、タキメイタキメイ、カラサンタン、ウエンビ、ソバカ！」

そして大元帥明王の真言を唱えた。ざわり、とあたりの空気が歪《ゆが》む。目の前の民間陰陽師と孝保、そして茜丸は暗いところに場所を移した。

まわりの人を巻き込んではいけない。茜丸はこうやって異空間に移動することに慣れているし、民間陰陽師も驚いてはいないらしい。青みがかった目をすがめ、にやり、と不敵に笑っただけだ。

「その余裕が、どこまで通用するかな」

孝保は、声を張りあげた。

「出《い》でよ、大元帥明王！」

その場に現れたのは、丈六尺、見あげるばかりに大きな鬼神だった。体は黒青色で四面の顔がある。孝保の怒りを受け止めて民間陰陽師には三眼ある顔を向けていて、その目は血のように赤い。

「降伏敵手、急急如律令！」

大元帥明王の、八本の太い腕が彼に向かって飛ぶ。髪が赤龍《せきりゅう》となって空《くう》を舞い、民間陰陽師をとらえようとする。

彼は、孝保と同じ印を結ぶ。民間陰陽師の口は、孝保も知っている呪を唱えていた。

「ルムルム、ルムルム、トリトリ、キリキリ、キリキリ、キリキリ、キリキリ……」

「おまえ……！」

民間陰陽師の唱えているのは、孝保が召喚した大元帥明王の、諸悪を防ぐ呪である。

「……キメイテイ、マメイシマカアテイカラメイト、ソバカ！」

彼に襲いかかろうとしていた大元帥明王の龍が、もとの赤い髪の毛となって明王の顔の脇《わき》に垂れる。孝保が真言を唱えるとそれは再び龍になり、しかし民間陰陽師の呪によって髪の毛に変わる。

「うぬっ……」

敵なる民間陰陽師は、同じ明王の技にて孝保を降伏しようとしている。かくなるうえは目の前の大元帥明王の力を増幅し、すべての力を自分のものとして引き寄せるしかない。

「大元帥神呪経！」

孝保は声を張りあげた。

「アシャアシャ、ムニムニ、マカムニムマカムニムマカムニム、ムカナカキュウムカナカキュウ……」

大元帥明王は、その大きな体を翻した。索を持った手と戟《げき》を持った手、棒を持った手が民間陰陽師に向かって振りかざされる。

「キリキリキリ、キリ、ニリ、ニリ、マカニリソバカ！」

彼は索をかわし、戟をかわし、しかし大元帥明王の持った棒がその結ぶ印を殴り、印がほどけた。

（今だ！）

孝保は素早く合掌して供養印を作り、再び呪を口にする。

「降伏怨敵、急急如律令！」

おおお、と凄まじい叫声があがった。大元帥明王が、大声で叫んだのだ。茜丸が「きゃんっ」と叫んで身を丸くする。あたりにその声が響き渡り、民間陰陽師が顔を歪めた。

(隙《すき》ありっ)

「タキメイタキメイ、タキメイタキメイ、カラサンタン、ウエンビ、ソバカ！」

彼はその場に膝《ひざ》をつく。その姿を大元帥明王が踏み、すると民間陰陽師の姿が淡くなっていく。

「おまえの力を、奪った」

はっ、とひとつ息をつきながら、孝保は叫んだ。

「このまま、本当に消されたくなければ、民間陰陽師をやめよ」

「ふっ……」

こうなっても彼は、不敵に笑う。むっとした孝保は、彼を本当に消してやろうかと思ったけれど、むやみに命を奪うことは本意ではない。

「あの場所から立ち去るのだ。人心を操るような真似《まね》を、やめよ」

「人心を操っているのは、どちらのほうだ？」

図太い表情を浮かべてはいるが、彼はもう限界のはずだ。大元帥明王の足の下、力を奪われていっているはずだ。

「私は、陰陽師の力を必要としている者たちに、力を分け与えているだけだ。おまえたちのように、帝《みかど》に仕え……貴族にのみ、その力を独占させる者たちとは違う」

「知ったようなことを！」

孝保は苛立《いらだ》ち、再び真言を唱える。民間陰陽師は苦しげに呻《うめ》きながら、素早く印を結び、なにか呪を口にした。

「なに……？」

それがなんの呪であったか、孝保の耳には届かなかった。しかし孝保の作った大元帥明王の結界において、なお抵抗できるほどの陰陽師だ。ただ無為に呪を唱えたとは思えなくて、孝保は警戒した。しかしなにをしたのだと問いかける前に、きゃん、と犬の鳴き声がした。

「孝保さま、あやつが！」

声をあげたのは、茜丸だった。民間陰陽師の姿が消えていく。追いかけるように大元帥明王の姿も消えていき、異空間には孝保と茜丸が残された。

「戻るぞ、茜丸！」

孝保は叫ぶ。

「このままでは、この場から戻れなくなってしまう！」

「はいっ！」

両手を揃え印相を組み、素早く真言を唱える。ふっとあたりが歪んだ感覚があって、気づけば孝保たちは、もとの市に戻ってきていた。

「あいつは!?」

「……いなくなっているようです」

まわりは、集まってきた人々でざわざわと賑やかだ。あの民間陰陽師の構えていた小屋はそこにあるけれど、人の気配は消えている。孝保は中に入ってみたけれど、彼の姿はもうどこにもなかった。

「陰陽師さん、あの人はどこに行った？」

髪を丸く結いあげた女性が、問いかけてくる。

「今日の夢占をしてもらおうと思っていたのだけれど」

「あれは、朝廷の信任を得ないあぶれ者だ。あのような者を信用してはいけない」

「じゃあ、誰に夢占をしてもらえばいいんだよ？」

孝保は彼女を見て、そして言った。

「私でよければ」

「そうかい？　じゃあ、見てもらおうかね」

ひとりを見ると、我も我もと人だかりができた。茜丸がしきりに吠《ほ》えて、列の整理をしてくれたけれど、そうでなければ孝保は、いつまで経っても陰陽寮に帰ることができないままだった。

□

あの男の残した呪は、いったいどういう力を発するものだったのか。

うとうとと夢の中で、孝保は考えていた。その断片すら聞き取れなかったとはいえ、大元帥明王の力を阻むほどの力のある陰陽師の呪だ。孝保になんの影響力もないとは考えられず、あれから孝保の胸には、ずっと引っかかったままだった。

「ん……」

それは夢だったのか、現実だったのか。あの男が現れた。孝保は体を起こして、その名を問うた。

「我が名は、朱紱《しゅふつ》」

彼は言った。青みがかったその目で、孝保を見つめている。

「恵良孝保。おまえには、私が呪をかけた。おのれで解くことができるか？」

「な、に……？」

呪をかけられた自覚などない。朱紱との対決から、おのれに違和感はないかと振り返ってみているのだけれど、なにもおかしなところは感じられない。朱紱が偽りを言っているのではないかと思ってしまうほどだ。

「呪の自覚がないならば、いい」

嘲笑《あざわら》うように、朱紱は言った。

「気づいたころには、おまえは私の虜《とりこ》になっているだろう」

「虜……！　それは、愛染明王《あいぜんみょうおう》の呪か！」

ふふふ、と朱紱は笑う。そうであるともないとも言わなかったが、孝保も陰陽師である。見当はついた——がやはり、自分に術をかけられたという自覚はない。

「呪を解け！　おかしな呪の虜になど……！」

「おやおや、愛染明王の呪だと言ったのは、おまえだろうが」

なおも嘲笑《ちょうしょう》するように、朱紱は言った。

「愛染明王の加護を、おかしなものと言うか？　そのようなことでは、明王の技も使えまいな」

「おまえ……！」

孝保はいきり立った。反射的に半身を起こし、すると朱紱の姿は、笑いながら消えてしまう。気づけば孝保は自分の局で、夜具の上に体を起こしていて、まわりはしんと静かだ。

「孝保さま……？」

茜丸が、眠そうに声をかけてくる。ああ、と声をあげ茜丸を撫でてやりながら、孝保は首を振った。

「なんでもない……夢、だ」

「ですが、孝保さま」

ぴょんと起きあがって、茜丸は体を振った。

「最近、夢見が悪いようでいらっしゃいます。どういう夢なのですか、それは」

「夢、か……」

うたうように、孝保は呟《つぶや》いた。茜丸には隠しごとはできないと、彼のほうに向き直る。

「あのときの、陰陽師の夢を見るのだ」

「陰陽師……？」

「東市の民間陰陽師だ。あれきり、消えてしまったが」

「ああ、あの」

茜丸は、大きく伸びをした。孝保にとっては気になって仕方がないことが、茜丸にかかるとどうでもいいことであるような、そんな彼に癒《い》やされたのだけれど。

「あの陰陽師は、消えてしまったのでしょう？　孝保さまの、技にかかって」

「しかし、夢に出てくるのだ」

ぶるり、と小さな身震いが体を走った。

「夢に出てきて、私に呪をかけたと言う。しかしそれがなんの呪か、わからないのだ」

「孝保さまにわからない？」

茜丸は、尾をぱたぱたと動かした。

「孝保さまにわからないのなら、私にわかるはずがありません。私どころか、陰陽寮の誰にも」

あたりは闇《やみ》の中で、まだ夜深いのだということがわかる。このような時間に目覚めてしまったけれど、もう眠れる気はしない。茜丸が大きくあくびをして、起こしてしまったことを申し訳ないと思い、詫《わ》びのつもりで何度もその背中を撫でた。

「孝保さまは、陰陽寮でも第一の陰陽師」

そういうときだけは、はっきりと目を開けて茜丸は言った。

「その孝保さまを翻弄《ほんろう》するとは……あの民間陰陽師、ただ者ではないですね」

自分が第一の陰陽師であるかどうかはさておき、朱紱がただ者ではないことは確かであったので、孝保はうなずいた。

「あの陰陽師は、朱紱というのですか」

孝保がそう告げると、茜丸はうなずいた。

「不敵なあやつらしい……言いにくい名前です」

「それは関係ないだろう」

思わず孝保は笑ってしまい、笑いながらなおも茜丸を撫でた。

「して、それは本当に夢なのですか？」

茜丸の言葉に、孝保は目を見開いた。

「……どういう意味だ」

「ここに、嗅《か》ぎ慣れない者の匂《にお》いがします」

くんくん、と鼻を鳴らしながら茜丸は言った。孝保はどきりと胸を高鳴らせた。

「慣れない、者の……匂い？」

「ええ」

なおも、あたりを嗅ぎまわりながら茜丸は言った。

「あの者……朱紱の匂いかもしれません。あの異空間では、はっきりと匂いがわかりませんでしたから」

「夢の中に出てきた者の匂いはわかるのか？」

「そのようなもの、わかるわけがありません」

なにを言うのか、というように茜丸が言った。

「実体がなければ、匂いなどわかりません」

「しかしおまえは、神獣だろう？　私がはじめて降ろした、式神だ」

「いや、それほどでも」

照れたように茜丸が言う。「褒めていない」と孝保は突っ込んだ。

「確かに私は神獣で、孝保さまの式神です。そこいらの犬よりはいろいろなことができるでしょう。ですが、できないことはできないのです」

「そのようなものか……」

「あっ、今がっかりしましたね！」

憤慨したように、茜丸は声をあげた。そしてふんふんと鼻を鳴らす。

「朱紱とやらの匂いは、確かにします。あの者らしく、ひねくれた匂いですね」

「それはいったい、どんな匂いなのだ……」

困惑しながらも、孝保は尋ねる。

「ということは、朱紱はここに来たのだな」

「それは確かです」

「夢の話では、ないのだな」

「違いますね」

ぞくっ、と孝保は身震いした。雑色《ぞうしき》たちの目を盗んで、いったいどこから入り込んできたというのだろう。孝保の帳台にまでやってこられるとは、どれほど身のこなしの素早い者なのか。

「朱紱は、孝保さまの帳台にまでやってきたのですね」

「どうやら、そのようだ」

不気味な思いとともに、孝保は言った。今はもういないとわかっていても、思わずまわりを見まわしてしまう。

「私にかけたという呪も、いったいどのようなものなのか……」

思わずため息が洩《も》れる。そんな孝保を、茜丸が心配そうに見やっていた。

□

凄まじい音に、目が覚めた。

几帳《きちょう》の中で孝保は、はっと目を開ける。傍らの茜丸が「きゃんっ!」と鳴き声をあげた。

「ななな、なにごとですっ！」

「雷だ」

しかしこの夜は、雷が鳴るような天気だっただろうか。床に就く前には輝く星を見たはずだった。星の並びに、異常などなかったはずなのだけれど。

「孝保さま、どこへ？」

「表を見てくる」

そう言って孝保は、帳台から下りた。雷はなおも鳴り響いていて、女房たちが声をあげているのが聞こえる。

（この雷、どこかおかしい）

御簾を抜け、縁に足をすべらせながら孝保は思った。

（本当に、単なる雷なのか……いや）

目の前には、先日の雷で黒焦げになった桜の樹がある。そこに再び、雷が落ちた。

「ぎゃっ！」

声をあげたのは、いつの間にかついてきていた茜丸だ。

「恐ろしいのなら、屋根の下にいろ」

「ですが、孝保さま……あ、れ」

茜丸が警戒するような鳴き声をあげた。彼の視線の先を追い、孝保はぎょっとして一歩後ずさりをした。

「……おまえ」

「ほぉ、私のことを覚えていたか」

朱紱といった、あの民間陰陽師だ。彼が雷の中に立っている。眩《まぶ》しい光に、孝保は目をすがめた。

「なぜ、このようなところにいる」

「おまえこそ、仮にも陰陽師を名乗る者であろう」

朱紱は、居丈高にそう言った。

「私を目の前にして、この正体がわからぬか？」

そして、おのれの胸をぽんと叩く。孝保はぎっと目に力を込めて、彼を睨みつけた。

「正体、だと……？」

朱紱は笑っている。その気を探ろうと、孝保は彼に近づく。朱紱も孝保に歩み寄り、その背後にもうひとつ雷が落ちた。

「ひっ……！」

声をあげたのは、確かに高欄《こうらん》の向こうにいたはずの朱紱が、いきなり目の前に現れたからだ。

彼は、手を伸ばす。その手を払いのけようとした孝保は、顎を掴《つか》まれたことに気がついた。

「な、にを……」

続けて唇に、柔らかいものを押しつけられる。なにが起こったのかわからなかった。耳に、茜丸が驚愕《きょうがく》している声が届く。

「たたた、孝保さま！」

「離せ！」

唇に重ねられた柔らかさに嚙《か》みつくと、朱紱が小さく声をあげた。彼は一歩後ろに退いて、にやりと笑いながら微《かす》かに血の滲《にじ》んだ唇を拭《ぬぐ》っている。

「なにをする！」

「くちづけも知らぬのか、おまえは」

なおも朱紱は笑って、その言葉に孝保の頰《ほお》がかっと熱くなった。

「陰陽師どのは、意外におぼこいと見える」

「ふざけるな……」

しかし印を結ぼうとした手首は朱紱の手に掴まれて、真言を唱えようとした唇は、再び奪われてしまう。

「我は、雷神」

「なに……？」

唇を重ねたまま朱紱はそう呟き、孝保は大きく目を見開いた。

「は、なせ」

「私は雷神だ……これだけ気を放ってやっても、まだわからぬか？」

「雷神、だと……？」

振り払おうとした朱紱は、ふっとその姿を消してしまった。あれほど鳴り響いていた雷はすでになく、あたりには静かな夜が広がっているばかりである。

「孝保さま！」

「ああ、大丈夫だ」

精いっぱいの気力で、孝保は茜丸に答えた。

「ですが、顔色が」

「顔色も、悪くなろうというものだ……雷神、だと？」

「くだらぬことを、騙《かた》る者でしょうか」

「いや……」

朱紱は消えてしまった。その痕跡《こんせき》をぎっと睨みつけながら、孝保は胸に手を置いた。心の臓が、激しく鼓動を打っている。

「真実だろう」

「あのようなこと、信じるのですか!?」

ぎょっとしたように茜丸は言ったけれど、奪われた唇を噛みしめながら、孝保はうなずくしかなかった。

「この気は、確かに神のもの」

「しかしそれならば、この間……民間陰陽師を名乗っていたときに、気づいたはず」

「あのときは、気を隠していたのだろう。道理で、明王の力が効かぬはず」

先日のことに合点はいったけれど、それを喜ぶわけにはいかない。

「……雷神が、なぜ私の前に……？」

厭な予感がする。孝保は、大きく身を震わせた。

第二章　物の怪祓い

陰陽寮に出仕した孝保は、驚くべき報《しら》せを聞いて目を見開いた。

「帝が……？」

「そうだ」

陰陽博士は、眉をひそめてそう言った。

「畏《おそ》れ多くも帝にあらせられては、病を得られたと」

「病と。果たしてそれは、どのような」

「お胸が苦しく、帳台からお体を起こせぬ状態だと」

「それほどに……」

孝保は唇を噛んだ。帝の病は、すなわち国家の危機である。国を体現している帝が病に枕《まくら》があがらぬということは、国家の存続さえも危うくなる。

「帝は、そなたをお呼びだ」

「私を……？」

孝保は思わず胸に手を置いた。陰陽寮には、幾人もの陰陽師がいる。確かに孝保は以前帝の不調を治したことがあったけれど、畏れ多い存在に近づくなど、そうそうあることではなかった。

「帝のご指名だ、早く行け」

「は、ははっ」

孝保は会釈をして、内裏へと急ぐ。建礼門《けんれいもん》を抜け承明門《しょうめいもん》をくぐると、紫宸殿《ししんでん》の女房が孝保を待っていた。まるで身分高き者を迎える仕草で丁寧に頭を下げる女房に、孝保は戸惑ってしまった。

「恵良どの、お待ちしておりました。早く、帝の枕もとに」

「いったいどのようなお加減なのです」

「胸がお苦しいとおっしゃっておられます」

陰陽博士が言ったのと同じことを、女房は言った。

「まるで、お胸の上になにかが乗っているようだと……たいそうお苦しみにあられて」

「なにかが、乗っている……?」

ぞくり、と孝保は悪寒を感じた。なにかが紫宸殿に巣くっている。怨霊《おんりょう》か、物の怪か。それが帝を常ならぬ状態にしているのだ。

「お早く、恵良どの」

茜丸も孝保についてくる。それぞれ急いで縁を歩き、帝の寝所の前に案内された。

「主上《うえ》、恵良孝保どのがおいでになりました」

「そうか」

掠《かす》れた声が聞こえた。いと高き御方の声を直接聞くという機会に孝保は震え、しかし職務は果たさねばならない。緊張して、深く頭を下げる。

「主上、恵良孝保が参りました」

「おお、孝保」

帝は少し、安心したような声でそう言った。畏れ多さに頭をあげられないが、帝は構わず孝保に話しかけてくる。

「胸が、苦しいのだ」

聞いているだけで憐《あわ》れになる声で、帝は言った。

「起きあがることができぬ……これは、物の怪の仕業に違いあるまい」

「さようであると、私も考えますする」

重々しく、孝保は言った。

「畏れ多いことではありますが、御近くに寄らせていただき、具合を拝見したいと存じますが」

「ぜひとも、そうしてくれ」

なおも掠れた声で、帝は言った。女房が御簾をあげ、寝所の中に入る。帳台を開き、すると青い顔をした帝が横になっていた。

「おお、孝保。そして、茜丸」

「覚えていただいていたとは、光栄です」

茜丸が言うと、帝は目を細めた。

「そなたも来てくれたのか。ならば我が病も、早々に治ることであろう」

「そう言ってくださって、嬉しいです」

茜丸はぱたぱたと尾を振った。帝は微笑《ほほえ》んでいるが、その顔色は極めて悪い。

そして確かに、怪しき気があたりに満ちている。孝保は眉をひそめた。陰陽道の技を使うまでもなく、異変が起こっているということが感じられる。

「主上、失礼をいたします」

そう言って孝保は、帝の胸の上に手を置いた。手に、空気が淀《よど》んでいることを感じる。目にぎっと力を込めると、裳唐衣《もからぎぬ》の裾《すそ》が見えた。

(女人か)

　帝に憑いている物の怪は、女人なのだろう。いったいどのような身の上の者か質《ただ》し、できるだけ早く取り除かなくてはならない。

　孝保は印を結んだ。親指を手のひらにつけて合掌する。そして真言を唱える。

「オン、タラタラ、トハトハ、イケイキ、ヒリタカラ、サツバサツチオネイバヲヤ、カキキゴマソバカ！」

　その場に、冷たい気が流れ出す。まるで氷室の中にいるようだ。その季節外れの寒さの中、裳唐衣は亀甲模様の椿《つばき》の重ねで、冬の装いであるそれは、この寒さの中にふさわしいように感じられた。

「問う……そなたは何者か」

「わらわが見えるのか」

　椿の女は、そう言って振り返った。長い黒髪がさらりと揺れる。そのうつくしさとは裏腹に、顔はまるで鬼夜叉《おにやしゃ》――孝保はぎょっとした。茜丸が、ひと声大きく吠える。

「わらわは、帝に寵愛《ちょうあい》を受けし者」

「帝……」

　抑えた声で、孝保は尋ねた。

「物の怪は、帝の寵愛を受けていると言っております。帝のご寵愛は藤壺《ふじつぼ》女御にあり……

密《ひそ》かに女房なりをご寵愛なさっているということはありませぬか」

「我が寵愛は、藤壺女御以外にはない」

はっきりと、帝は言った。そうだという話を孝保は聞いていたし、だいたいこの季節に椿の重ねをまとう女がいるわけがない。そのような女が、帝の寵愛を受けるはずがない。

とすれば、物の怪の言っている『帝』は、目の前で苦しむ帝ではない、幾代か昔の天皇であったということになろう。その怨念《おんねん》が残り、物の怪となっているのだ——もしくは、その想いを誰かに利用されたか。

(その可能性が、高い)

孝保は印を組み直した。手を組み中指を立て、新たな真言を唱えはじめる。

「オン、カカカ、ミサンマエイ、ソバカ!」

「うお……っ……」

物の怪が呻いた。両手で頭を押さえ、苦悶《くもん》のほどを示している。

「おおお、お……っ」

「そなたを調伏《ちょうぶく》する。道を作り、あの世に送ってやろう」

「いや……、いや、だ……、っ……」

しかし怨念が強いのか、物の怪は逆らう。帝の胸の上にうずくまり、帝がますます苦しげな声をあげる。

「なにをためらう。そなたとて、この世にあるのは苦しいはず。私に逆らわずあの世に送られれば、そこで神々の庇護《ひご》を受けられようものを」

「おおお、おおお、お……」

しかし物の怪は頑《かたく》なだった。なおも帝の体に取り憑き、彼をますます苦しめるのだ。

「なにゆえ、私に逆らう。誰ぞ……そなたを操りし者があるのか」

物の怪の呻きが大きくなる。それでも帝から離れない物の怪に、孝保ははっと気づくことがあった。

「そうか……そなたをこの世に引き止めている力があるのだな。誰だ、言ってみろ」

「ら……雷神」

物の怪は、小さな声でそう言った。印を組んだまま、孝保はどきりと胸が鳴るのを感じる。

「雷神、だと？」

雷神――朱紱。その名が胸に浮かび、孝保は思わず動揺してしまう。

「その者が、そなたを支配しているのか」

物の怪はうなずいた。雷神の名を出してより、彼女はふるふると震えている。無理もない、仮にも神なのだ。それに逆らうのはさぞ恐ろしいことだろう。同情はするが、しかし帝に危害を加えていることを見逃すわけにはいかない。

孝保はなおも、大きな声をあげた。

「オン、カカカ、ソ、ダダ、ソバカ！」

「うぉぉぉ、おお、お……」

物の怪の魂を、雷神から引き剝《は》がそうとした。しかし雷神の存在が大きすぎて、うまくいかない。孝保は躍起になって、真言を唱え続けた。

「……孝保」

声がする。それが帝ではない——聞いたことのある声だと気がついて、孝保は思わず目を見開いた。

「私の、邪魔をするか？」

「……朱紱」

直感は、間違いではなかった。帝の褥《しとね》を挟んで、向こうにいるのは朱紱だ。軽い狩衣姿で、腕を組んで孝保を見つめている。

「あたりまえだ……なにゆえに、帝を！」

「この女が、未練を申したからだ」

どこか怒ったような調子で、朱紱は言った。

「私に申してきたのだ、帝の寵愛を取り戻したいと」

「しかし、この女人を寵愛していた帝は、もうこの世にはない！」

「帝は帝だろう」

そこいらの区別が、朱紱にはつかないのだろうか。それともただとぼけているのだろうか。

「この女が、帝の寵愛を欲しがったから、助けてやっただけだ。それ以外に意図はない」

「物の怪を、祓え！」

孝保は声をあげた。

「帝のお苦しみを取り除くのだ。物の怪も、あの世へと送ってやれ」

「なるほど」

どこか絡みつくような調子で、朱紱は言った。

「しかしその働きに、私はなにを得ると？」

「なに？」

朱紱の言葉に、孝保は眉をひそめた。

「物の怪は祓ってやろう。その代わりに、おまえはなにを差し出すのだ？」

「なに、を……？」

朱紱の言いたいことがわからない。孝保は印を結び直した。

「わけのわからないことを言うな。なんならおまえも、異空に送ってやる」

「おまえにできるのならばな」

くすくすと、朱紱は笑った。確かに雷神を相手に無謀な話かもしれない。しかし帝を害する者は許すべきではない。

「帝のためにならなら、私のすべてをかけてでも物の怪と、おまえを祓う」

「やれやれ、たいした忠誠心だ」

呆《あき》れたように朱紱は言って、そして手を開いた。するとその手に吸い寄せられるように、物の怪が消えた。孝保の目には、椿の重ねが鮮やかに残った。

「今宵《こよい》、待っておれ」

はっ、と孝保は息を呑んだ。朱紱が真横に立っている。彼は手を伸ばし、孝保の肩を抱いた。そして抱き寄せると、耳の端にくちづけたのだ。

「なに、を……！」

「相変わらず、おぼこいやつだ」

くすくすと、朱紱は笑う。

「その調子では、今宵なにが起こるかも想像できないのだろうな……しかし、代償は払ってもらうぞ」

「なんの代償だというのだ！」

「私の手を煩わせた代償だ」

なおも朱紱は笑って、そして姿を消した。はっと気づくと、その場には孝保が残されているばかりである。

「おお……」

帝の声に、孝保は慌てて目をやった。帝が、褥の上に起きあがっている。女房たちが嬉しげに顔をほころばせている。

「主上、お加減のほどは」

「苦しさがなくなった」

なおも青い顔をしながら、それでもどこかすっきりとしたといった表情で、帝は言った。

「驚くべきことだ……あれほど苦しかったのに、もう起きあがれる」

「それは、ようございました」

孝保はほっと息をついた。実際に物の怪を祓ったのは朱紱だったけれど、帝は助かったのだ。顔色もすぐよくなるだろう。安堵《あんど》に、その場にひざまずいた。

「さすがだな、孝保」

「いえ、私はなにも……」

物の怪の正体を見破っただけだ。しかし朱紱のことを言うわけにはいかず――あの姿は、この場の者には見えていなかったらしい――孝保は戸惑った。

「そうやって、思慮深いところも好ましい」

女房たちが、帝に水を差しあげる。自らすっかり褥の上に身を起こした帝は、美味《うま》そうにそれを飲んだ。

「今後も、おまえを頼りにしよう。陰陽師は数多くあれど、おまえほど私が信用する者はおらぬ」

「……ありがたき」

孝保は頭を下げた。茜丸とともに御前を去り、内裏の外でほっと息をつく。

「おまえ、なにが起こったのか見えていたのだろう」

「もちろんです」

尾を振りながら、茜丸は言った。

「あの、男が……朱紱がおりましたね。あの物の怪は、朱紱の遣わした者だったのですか？」

「まぁ、そういうことになる」

苦い表情で、孝保は言った。

「手の動きひとつで、物の怪を祓った」

「まぁ、雷神という話ですから」

なおもぱたぱたと尾を動かしながら、茜丸は言う。

「その程度のこと、お手のものでしょう。孝保さまがどうこうと思われることではありませんよ」

「しかしやつは、代償を払えと言った」

承明門を出ていきながら、孝保は言った。

「代償とはなんだ？　そもそも、なぜ私がそのようなものを払わねばならない？」

「それは、私にはわかりませんけれど」

首を捻《ひね》りながら、茜丸は言った。

「どんな無茶を言われても、御身を大切に」

労《いたわ》るように、茜丸は言った。

「言うことを聞いてはなりません。あの男は、なにを考えているのかまったくわかりませんから」

「それは、私もわかっている」

陰陽寮に戻りながら、孝保は声を尖《とが》らせた。朱紱がとんでもない行動に——唇を奪ってくるという——出たことを思い出したのだ。

「なにを考えているのか……油断のならない相手だ」

「なにゆえ、雷神でありながら民間陰陽師をしていたのかもわかりません」

「なぜ人間のふりをしていたのかもな」

孝保は、空を仰いだ。まったく、謎《なぞ》ばかりだ。あの男、朱紱が目の前に現れてから、孝保は振りまわされてばかりいる。帝まで巻き込むとは、なんとも畏れ多い——。

今宵、と朱紱は言った。今夜いったいなにが起こるのか、孝保はぶるりと身を震わせた。

その夜は、空に星の光る静かな時間が流れていた。

孝保は自身の局で、空を眺めている。気楽な単衣一枚に着替え、傍らには茜丸が丸くなっていた。

茜丸が、ぴくりと尾を床に叩きつけた。孝保はそれに反応し、体を起こす。

「どうした、茜丸……」

その瞬間、穏やかだった夜がいきなりの雷に破られた。空が光り、ごろごろと音が鳴り響く。はっと孝保は、空を見ようとした。その一瞬前に、目の前には烏帽子《えぼし》に狩衣の男が立っていた。

「朱紱……！」

「おまえの唇が、我が名を呼ぶとは。これ幸い」

くくく、と朱紱は笑った。彼は招きもしないのに縁をあがってきた。孝保は色めいて、その場に立ちあがる。

「何用だ！」

「おまえの麗しい唇に、もっと呼ばれたい。我が名を呼べ」

「誰が……」

足を動かしていないのに、朱紱は局に入ってきた。そのさまの不気味さに孝保はぞくりと震える。朱紱は孝保の目の前に立ち、その顎をとらえた。

「は、なせっ」

「いいや、離さぬ」

朱紱は言って、じっと孝保を見つめてくる。夜の灯《あか》りの中でも青みがかった瞳の色がはっきりと見え、孝保は戸惑う。

「おまえを、我がものとする」

「なにを……！」

「なにを言っているんだ、おまえ！」

　声をあげたのは、茜丸だった。おまえ！」わんわんと激しく鳴き、朱紱の狩衣の裾をくわえてぐいぐいと引っ張る。

「孝保さまを好きにはさせない……疾《と》く、去《い》ね！」

「犬ごときが、私の邪魔を」

朱紱は不気味な笑みを浮かべると、茜丸を蹴った。きゃん、と声をあげて茜丸が階《きざはし》を転がり落ちていく。

「茜丸！」

「おっと、犬の心配よりも、おのれの心配をしたほうがいいぞ」

手を伸ばした朱紱は、孝保の背に触れる。そのまま腕をすべらせて力を込め、腕の中に孝保を抱き込んでしまう。

「わ、ぁ、あぁっ」

「色気のない声だな」

くすくすと、朱紱が笑う。そのまま床に孝保を座らせ、上にのしかかってくる。

「な、にを……！」

「我がものとすると、言っただろう」

吐息が感じられるほどに近くに唇を寄せながら、朱紱は言った。

「今宵は覚悟しておけと、言わなかったか？」

「なんの、覚悟……」

彼の腕の中でもがく孝保は、しかし力を込めて抱きすくめられ動きを封じられてしまう。

慌てて孝保は、声をあげた。

「つまらないことを言うな、離せ！」

「離さぬ」

朱紱は強く腕に力を入れて、孝保を抱きしめる。その唇が孝保の声を抑え込み、くちづけられたことに孝保は気づいた。

「ん、ん……っ、ん、んっ！」

「ふふ」

くちづけたまま、朱紱は笑った。その笑いが唇を通して伝わってくる。感じるわななきに孝保は震え、彼の腕から解放されたくて暴れた。

「聞きわけのない子だ」

まるで童に言うように、朱紱はまた笑う。くちづけが深くなり、孝保の意識は少しずつ薄くなっていく。

「や、ぁ……ああ、あ……」

「我が腕に堕《お》ちよ、孝保」

そう言って彼は、舌を差し入れてきた。くちづけに溺《おぼ》れさせられた孝保の意識はそれを受け止め、唇を開く。

「い、や……や、だ……っ」

せめてと歯を食いしばるものの、朱紱の舌が表面をすべる。何度も舐《な》められ、それにぞくぞくっと感じさせられた。同時に歯もゆっくりと開いてしまう。朱紱が舌を入り込ませてきて、くちゅりと大きく口腔《こうこう》を舐めた。

「うく、……っ、……っ」

体中に悪寒が走る。そんな孝保の反応を愉《たの》しむように、朱紱は舌を絡めてくる。逃げようとしてもとらえられ、音を立てて吸いあげられ、その行為にまた体が反応する。

「ん、ん、ッ……ん、……」

「いい反応を見せるな、孝保」

満足そうに、朱紱がささやいた。

「私が思い描いていたとおりだ……おまえの体は甘く、かぐわしいと思っていた」

「なにを……ああ、あ……、っ」

「いや、想像以上と言うべきだな。おまえの肌がどれほどなめらかなのか、見せてみろ」

油断した。孝保の体を覆っているのは、単衣だけだ。腰帯をほどけばするりとはだけられ、首もとに指を這《は》わせられる。何度も撫でられて鳥肌が立ち、しかしそんな孝保の反応を朱紱は悦《よろこ》ぶのだ。

「もっと感じさせろ……もっと、味わわせろ」

彼の指は鎖骨をすべり、直接胸に這う。唇はなおも塞《ふさ》がれたまま、手のひらが胸筋に触れる。与えられる刺激に硬く凝《こご》った乳首を抓《つま》まれて、大きく腰が跳ねた。

「ふむ、ここが感じるか」

「いぁ、あ……あ、あ……、っ！」

きゅっと捻られ、ますます尖らせるようになぞられて、孝保の口から声が溢れ出る。それを舐め取りながら、朱紱は小さく、くすくすと笑った。

「おまえのここは、思ったよりも感じやすいな……期待以上だ」

「期待、など……！」

孝保は身を捩《よじ》ったけれど、朱紱はどのように力を込めているのか。痛みなどは感じないのに、身をかわすこともできない。ただ彼の思うがままに感じさせられ、声をあげさせられ、孝保はますます行為に溺れていく。

「なにを言うか、孝保」

甘い声で、朱紱はささやく。ぺろりと唇を舐められて、そのおぞましさに肌には濃く鳥肌が立った。

「これほど感じているのに？　私の手を感じて、たまらないのだろうが」

「おかしなことを、言うな……！」

懸命に身を捩っても、逃げられはしない。朱紱は孝保の両の乳首を抓み、きゅっきゅっと捻る。そのようなところが感じるなど、今まで考えたこともなかったのに。孝保の体は的確に快感を拾いあげ、反応している。

「あ、あ……ああ、あ！」

「そろそろ、こちらも反応しているか？」

はだけさせた単衣の中に手をすべり込ませ、朱紱は孝保の自身を摑む。ぎゅっと擦《こす》りあげて、孝保に声をあげさせた。

「ふふ……こちらもいい反応だ。先端から、蜜《みつ》を垂らして……」

「ひぁ、あ……あ、あ……あ」

ぐちゅぐちゅと淫《みだ》らな音が立った。それが、なおも吸われている唇からなのか、摑まれた自身からなのか、朧《おぼろ》になった意識では判別することができない。

「なんともかわいらしいな。もっといいところを、私に見せろ」

「あ、あ……ん、んっ、……あ、あ」

彼の腕の中で孝保はもがき、声をあげる。遠くに雷鳴が聞こえる——それも果たして気のせいなのか、朱紱のゆえなのかわからない。

「はっ、私としたことが……昂奮《こうふん》を隠しきれないらしい」

自らを嘲《あざけ》るように朱紱は言った。

「おまえの体が、あまりにも魅力的でな。どれ、もっと味わわせろ……」

「は、っ」

深すぎるくちづけがほどける。孝保は、はぁはぁと息をついた。唇はふたりの混じり合った唾液《だえき》に濡れていて、奇妙に甘く感じるのは気のせいか。

「おまえの蜜を、私に分け与えるのだ」

「あ、や……っ、なに、を……！」

単衣の前を開き、朱紱は孝保の首もとに唇を押しつけた。きゅっと強く吸われて全身が震える。痣《あざ》がついたかもしれないほどにきつく吸われて、体がびくびくと反応した。

「ここも甘いな……ここ、は？」

「ひぁ……っ……」

胸筋の形を舌でなぞられて、右の乳首をくわえられた。ぺろぺろと舐められ、続けて力を込めて吸われ、するとつま先までに痺《しび》れが走った。

「あ、あ……あ、あ……あ」

「ここが、好きか？」

胸に頬を擦りつけ、まるで孝保に甘えるかのように朱紱は肌を合わせてくる。その感覚が心地よくて思わず声が洩れ、そんな自分の反応に孝保は戸惑った。

「そのようだな……？　よい、もっとしてやろう……」

「あ、もう……もう、いらな……」

あまりの情動に、自身が抑えられなくなる。そんな自分の反応を恐れて孝保は声をあげたけれど、朱紱はなおもくすくすと笑うばかりだ。

「そのようなことはないだろう。ここも、ここも……ほら、こんなに悦んでいるではないか」

「や、ぁ……ぁ、もう、もう……！」

乳首を吸っていた唇が、肋骨《あばらぼね》にすべる。みぞおちの形をなぞり、臍《へそ》のまわりを愛撫《あいぶ》して、そのまま片手で扱《しご》いていた自身に至る。

「いあ……！」

先端を舐められて、蜜を吸われて孝保の腰は大きく震えた。くわえられて舌を這わせられ、鈴口に舌の先を突き込まれた。すると先走りの淫液が洩れて、朱紘はじゅくじゅくとそれを吸いあげた。

「ふぁ、あ……あ、あ……あ、あ……」

敏感なところを愛撫されてはたまらない。孝保はとっさに朱紘の髪に手をやり、烏帽子が落ちそうになる。瞬時、彼に恥をかかせてはいけないと思い、しかしこのように自分を翻弄している男なのだ——気を遣ってやる必要など、ない。

「ああ、あ……ん、っ、ん、んっ、ん！」

「甘い反応を見せてくれる……」

満足そうに、朱紘は呟いた。その声が敏感な部分に響いて、孝保は何度も声をあげた。

「もっともっと、私に応《こた》えろ。もっと声をあげろ……私を満足させるんだ」

「いぁ、あ……ん、んぁ、あ……あ、あ……」

反射的に、手の甲を口に押しつけた。そうやって声を抑えることができると思ったのに、嬌声《きょうせい》はますます大きくなって朱紘を悦ばせるばかりだ。

彼の舌は傘の部分に巻きついて、何度も上下に擦りあげる。どく、どく、と体の奥から熱が湧きあがった。腰が熱くなって、孝保は小刻みに下肢を跳ねさせる。

「ああ、あ……ん、ん……ぁ、あ……あ！」

大きな波が体の奥から迫《せ》りあがって、そして孝保は自身を放った。白濁が朱紱の口を汚して、孝保は何度も大きな息をつく。

「は、あ……ああ、あ……っ……」

胸が苦しくて、うまく息ができない。呼吸をうわずらせながら孝保は、自分が涙ぐんでいることに気づいた。

「んぁ……あ、あ……あ」

「もっと味わわせろ」

嚥下《えんか》の音とともに、朱紱は言った。

「おまえの蜜は、本当に美味だ……もっと、もっとだ。もっと味わわせろ」

「いや……もう、もう……っ」

孝保は身を捻ったけれど、朱紱は腰に手を置いてそれを遮る。彼の力は重くて、孝保は逆らうことができなかった。

朱紱は両手の指を孝保自身に絡め、上下に扱きはじめる。すると新たな感覚が迫りあがってきて、孝保はまた声をあげざるを得なくなってしまう。

「もう、やだ……や、ぁ……っ……」

「そのようなことを言って、私を求めているくせに？」

朱紱は孝保自身を舐めあげ、吸いあげ、軽く咬《か》む。その感覚があまりにも新鮮で、今まで味わったことのないもので。孝保は大きく目を見開いた。

「ほら、ここがまた硬くなってきた。私を求めて、疼《うず》いている……」

「そ、んなこと……な……」

孝保は、大きく震えた。そんな自分の反応が、あまりにも彼のなすがままで。孝保はまた涙を流した。

「なにも、泣くことはなかろう」

大きく舌を出して、孝保自身を舐めあげながら朱紱は言う。

「もちろん、心地よすぎて泣いているのなら別だが」

「そのような、わけ……」

ひくっ、と咽喉《のど》をわななかせながら、孝保は声を立てる。

「い、から……もう、離せ」

「離さぬ」

先端に唇をあて、強く吸いあげながら朱紱は笑った。

「おまえを私のものにすると言っただろう。まだまだこのようなこと、序の口に過ぎぬ」

「な……ぁ、……っ……！」

吸い立てられる衝撃に、孝保の声は裏返った。

「もう、もう……」

「なに、足りないとな」

わざと孝保の声を聞き違えて、朱紱は答える。

「では、もっと心地よくしてやろう……おまえが、さらに心地よくなるようにな」

そう言って彼は、孝保の下肢に手をすべらせる。そして双丘に、そっと触れたのだ。

「やめ……！」

経験はなくとも、男同士がどう繋《つな》がるかの知識はあった。孝保は目を見開き、その縁をまた涙がこぼれ落ちる。

「やめろ、と言っても無駄だというに」

呆れたように、朱紱は言った。

「いい加減に理解しろ。私は、おまえをすべて手に入れるまで離さない」

彼の手は双丘を割って、その奥の秘所に触れる。

「頑なだな……経験はないらしい」

「ひ、ぁ……」

「心配せずとも、心地よくしてやる」

その舌が、孝保のこぼす蜜を舐めあげた。そして後孔から指を離し、蜜を絡ませると再び触れてきた。

「や、ぁ、ぁ、あ！」

「力を抜け」

朱紱がささやきかけてくる。

「抜かぬと、痛い思いをするのはおまえだぞ」

「いぁ……ああ、あ……、っ」

「そうそう、いい子だ」

童を褒めるように、彼は笑った。

「そのままだ……そのまま、私を受け入れろ」

ずく、と音を立てて、指が挿《はい》り込んでくる。その衝撃は思いのほかで、孝保は大きく身を震わせた。

「あ、あ……ああ、あ……っ」

「きつく締めつけてくる」

朱紘の言うことが、孝保の羞恥《しゅうち》を誘う。孝保はかっと、頬を熱くした。

「このきつさで、私自身を締められたらと思うと……ふふ」

「いぁ、あ……ああ、あ、あ！」

「期待してしまうな。おまえの味が、いかほどか」

「つまらぬ、ことを……」

しかし孝保の言葉は、途中で途切れてしまう。体中を、凄まじい感覚が貫いたのだ。声が声にならない。孝保はふるふると唇を震わせ、そんな彼の反応に朱紘は満足そうなため息をつく。

「ここが、いいところらしいな」

「な、にを……？」

「なに、知らぬのか」

なおもその部分に触れながら、朱紘は言う。

「ここが、男の感じるところだ。ここを突かれて、黙っていられる男はおらぬ」

「そ、こが……」

朱紘の指が、自分の中で自在に動く。その感覚に喘《あえ》ぎながら、孝保は徐々にそれに溺れていく。

「ひぁ……あ、ん、あ……っ」

「いい声だ」

まるで褒めるように、朱紘はささやいた。

「もっと聞かせろ……なに、聞く者は私しかおらぬ」

「ん、あ、あ……っ、あ、ん、っ」

「懸念せずともいい。さぁ、もっと」

彼に促されるがままに、孝保は嬌声をあげた。咽喉が微かな痛みを訴えたけれど、それに構う余裕もない。

下肢からは、ぐちゃぐちゃと淫らな音が響いている。それに絡む自分の声は、いったいどのようにこの男に届いているのだろう——どこか遠い意識でそう考えた孝保は、いきなり指を引き抜かれてはっとした。

「な、に……」

「こらえきれぬな」

朱紘は身を起こし、また孝保にくちづけてくる。その苦い味に、彼は眉根を寄せた。

「おまえの、そのような声を聞かされて……正気でいられるわけがあるまい」

「あ、あ……っ」

指で拡《ひろ》げられた秘所に、熱いものを押しつけられる。孝保は大きく瞠目《どうもく》した。

「やぁ……だ……っ……」

「孝保……」

どこか甘い声で、朱紱がささやいた。

「私を、受け入れよ」

「んぁ、あ……ああ、あ、っ！」

柔らかい肉が、硬い欲望に裂かれる——そう感じた。孝保の涙が溢れ、朱紱がそれを舐め取る。

「おまえは、涙まで甘いな」

彼はそうささやいたけれど、もう孝保には言葉の意味を理解している余裕がない。朱紱の肩に指を絡め、爪《つめ》を立てて衝撃をこらえた。

「痛いだろうが」

朱紱は笑う。笑いながら腰を進めて、なおも孝保を味わおうとする。

「やぁ、あ……ん、あ、ああ、あっ」

「これほどとは」

感心したように、彼は咽喉を鳴らした。

「おまえの体の甘さ……想像はしていたが、これほどとは」

「い、あ、あ……ああ、あ！」

「もっと、私を悦ばせろ」

荒い息をつきながら、朱紘は呟く。

「もっと……もっとだ。もっと、深く」

「はぁ……ん、っ……ん、っ」

「私を受け入れろ……」

答えたくても意識は朧に、彼がなんと言っているのかわからない。孝保を包むのは凄まじいまでの快楽ばかりで、彼は深く、それに溺れた。

あ、と掠れた声が洩れた。

「私、は……」

「気がついたか」

孝保はゆるゆると目を開き、映る男の姿に声をあげた。

「おまえ……！」

朱紱の顔が、驚くほど近くにある。それがなぜなのかをひと息に思い出した孝保は、彼から遠のこうとし、同時に貫いた思わぬ体の痛みに顔をしかめた。

「おお、辛《つら》い思いをさせるな」

どこか冗談めいた口調で、朱紱が言う。

「しかしおまえが悪いのだぞ……？　私を、止めることができなかったから」

「なぜ、私が責められなければならぬ」

痛みをこらえようと唇を嚙み、孝保は朱紱を睨みつけた。

「すべては、おまえのせいではないか。おまえが……あ、あんな……」

「あんな？」

にやり、と朱紱が微笑んだ。どこまでも悪辣《あくらつ》な笑みだ。彼を睨みつける視線に力を込めた。

「あのような、無体を」

「無体ではなかろう」

朱紱は手を伸ばし、孝保の肩を撫でてくる。それが思いのほか心地よくてつい掠れた声を洩らしてしまい、咳払《せきばら》いで誤魔化《ごまか》す。

「おまえがどれほど悦んでいたのか、私はよく知っている。なんなら、事細かに聞かせてやろうか？」

「……いらぬ」

ふいと視線を逸《そ》らせると、それを追いかけて朱紱が体を起こす。そうやって押し伏せられたことを思い出して、頬がかっと熱くなった。

「はな、せ」

「おまえは、それればかりだな」

朱紱が、くすくすと笑った。

「離せ、厭だ、と言いながら……どれほど悦んでいたのか、忘れたと申すか？」

孝保は唇を噛む。そこに朱紱が、舌を這わせた。

「やめろ……」

「おまえが真実、やめてほしいと思っているならな」

孝保の唇を舐めあげながら、彼は言った。

「しかし、そうではないだろう？　おまえは私に抱かれて、悦んでいた……違うか？」

「ばかな、ことを」

朱紱の言葉を、震える声で孝保は否定する。彼は、余裕を浮かべて笑うばかりだ。

「おかしなことを、言うな」

「そのとおりだろうが。おまえは、ここをこうして……」

「や、めろ！」

「こうして。よがっていたではないか」

彼の笑いは濃くなる。体に手を這わされて撫であげられ、自分が裸のままであることに気づく。何度も放ったはずの中心が再び兆しそうになって、焦燥する。

「もう一度、してやろうか？」

くすくすと笑いながら、朱紱は言う。彼の手はざらりと孝保の体を撫で擦り、それにぞくりとさせられて、孝保は思わず声をあげた。

「いい声だな」

朱紱は笑い声を立てる。

「先ほど聞かせてもらった声よりも、艶《つや》がある……まだ、期待しているのか」

「していないっ」

孝保は身を捻り、彼から逃れようとする。しかし押し伏せられたときと同様に、思うように動くことができない。どこをどう押さえられているのか——ぞわり、と孝保の身には悪寒が走り、せめてもと朱紱を睨みつけた。

「おお、恐ろしい」

ちっとも恐ろしいと思っていない口調で、朱紱は言った。

「嫌われないうちに、退散するとしよう……また、おまえを抱くためにな」

「もう、嫌っている！」

孝保は声をあげたけれど、朱紱は笑うばかりだ。そんな彼の姿がだんだんと消えていき、孝保は、はっとした。

「なに……」

気づけば孝保はひとりで、まわりには誰もいない。冷たい闇が広がるばかりで、あれほど熱い時間を過ごしたことも嘘《うそ》であったかのようだ。

「……茜丸！」

朱紱に階から蹴り落とされた茜丸のことを思い出した。体を起こすと痛みが走り、先ほどのことは幻ではないということがわかったのだけれど。

「茜丸、息災か！」

「孝保さま！」

茜丸の声が聞こえた。はっとそちらを見ると、茜丸が四肢で立っているのが目に入った。

「どうなさったのです……そのような、恰好《かっこう》で」

「え？」

驚きに、孝保は目を見開いた。

「気づいていないのか？　あれほどに……声を」

「声？」

不思議そうに、茜丸は尾で床を叩いた。

「なにも聞こえませんでした。孝保さま、あやつはいったいなにを？」

「聞こえていないのか……」

ほっと、体から力が抜けた。しかしなにもまとっておらず、気づけば烏帽子も落ちている。慌ててそれを頭に乗せながら、孝保は言った。

「いや、気づいていなかったのならいい」

（そこにいた茜丸に、気づかれなかったわけがない）

胸の奥で、孝保は思った。

（朱紱はおそらく……結界の呪を使ったのだろう。ゆえに、それに包まれて見えなかった、聞こえなかった）

そのことには安堵したけれど、しかしだからといって孝保になされた無体がなかったことになったわけではない。

なにがあったのかと、茜丸に何度も訊《き》かれたけれど、答えることはできなかった。

□

陰陽寮に、新しい者が入ってくると聞いたのは、暑さが厳しくなりはじめた、ある水無《みな》月《づき》の日のことだった。

「新しい……陰陽師、ですか」

「ああ」

陰陽博士はそう言って、うなずいた。傍らで、茜丸がぱたぱたと尾を振っている。

「何者なのですか、それは」

「なんでも、頭少弐のご推薦らしい」

上司の名を出されては、孝保も受け入れざるを得ない。しかし除目があったわけでもないのに、なにゆえこのような時期に新しい者が入ってくるのだろう。

「陰陽師ゆえに、そなたに面倒見を頼む」

そう言って、陰陽博士は頭を下げた。上つ者に深々と会釈をされて、孝保は戸惑ってしまう。

「そんな、頭をおあげください」

慌てて孝保は、そう言った。

「もちろん、面倒は見ますとも。なにしろ、同じ陰陽師だ。係《かか》わりあいにならないというわけがありましょうか」

「そう言ってくれると、助かる」

陰陽博士も、時季外れの新入りの面倒を任せることを懸念しているのだろうか。それほど心は狭くないのに、と孝保は思った。

新入りを迎えたのは、その数日後だった。案内された局で、孝保はあっと声をあげた。

「……朱紱」

思わず名を呼ぶと、彼はにやりと笑った。しかしその笑みは一瞬だけで、すぐに新入りらしい、真面目《まじめ》な表情に戻ったのだけれど。

「浅里《あさり》朱紱と申します。どうぞよしなに」

「ああ……」

雷神のくせに、偽名を使って人間のふりをするのか。しかも陰陽師として陰陽寮に入ってくるとは、不敵としか言いようがない。

傍らでは、茜丸が尾を震わせながら立っている。あの日、なにが起こったのか、ぼんやりとした説明はした。はっきりとは言わずとも彼は察したらしくそれ以上を問われることはなかったけれど、当の朱紱が現れては、黙っていられないらしい。

「おまえ、孝保さまに……！」

「おや、かわいらしい犬だ」

わざとらしく、朱紱は言った。

「式神ですか？　言葉をしゃべるのですね」

「おまえ……」

孝保も呆れて、そう呟いた。一歩朱紱に歩み寄って、その耳にささやく。

「なんのつもりだ？」

「はて、なにをおっしゃっているのやら」

「ふざけるな。なにか意図があって、まいったのであろう」

孝保がそう言うと、朱紱はまた唇の端を持ちあげた。そして耳慣れた口調でささやき返す。

「もちろん、おまえに会うためだ」

「なにゆえ、このような手を取る」

「おまえと、陰陽道を歩んでみたいと思ったからだ」

わけのわからないことを言う——孝保は戸惑い、唇を噛んで朱紱を睨みつけた。

「おまえは、雷神なのだろう？」

「いかにも」

「なぜ、人間のふりをしている。なぜ、陰陽道などを使う」

その問いに、朱紱は答えなかった。ただにやにやと、孝保を見るばかりである。

「私が雷神であることは、皆に言うなよ」

耳にくちづけられるほどに近くに顔を寄せられて、孝保はどきりとする。

「……言っても、信用してはもらえまい」

「なるほど、道理だな」

朱紱は笑う。その笑いが癇《かん》に障って、孝保はまた、ぎろりと彼を睨みつけた。

「ふざけるな。神なら神らしく、天人界に住まわっておれ」

「私は、おまえに出会った」

うたうように、朱紱は言った。

「出会ってしまった以上、もうどうにもならぬな……おまえが欲しくて、たまらない」

「わ、たしを……奪った、くせに」

茜丸に聞かれないように声を潜めたものの、彼には聞こえているだろう。そう思うと悔しくて、孝保は朱紱を蹴りつけた。

「痛い」

「嘘をつけ」

ふんと鼻を鳴らしてそう言う。手加減したのだ、もちろん朱紱が痛かったはずはなく、彼はなおも笑っている。

「私を奪ったくせに、これ以上なにを求めるのだ？」

そうささやくと、朱紱はひくりと眉を動かした。

「もちろん、おまえの心だ」

「心？」

「そうだ。おまえが私に心を寄せること……私を、慕うこと」

「だ、れが……！」

孝保は思わず叫び、再び朱紱の脚を蹴った。今度は本当に痛い部分に当たったらしく、朱紱は情けない声をあげた。

「誰が、おまえなど慕うというのだ」

「おまえが、私を」

朱紱は手を伸ばしてきた。孝保の顎を掬《すく》い取って、唇を寄せてくる。

「ん……や、ぁ……め……」

「悦んでいるくせに」

唇越しに、朱紱は言った。

「私にくちづけられて、嬉しがっているくせに？」

「嬉しがってなどいない！」

孝保は声を尖らせて、ついで朱紱を睨みつける。彼は笑みを浮かべて孝保を見つめていて、その瞳の青めいた色に、どきりとさせられる。

「そうやって、むきになる」

朱紱は口もとに、手を添える。そうやって笑みを隠しているのかと思うと、よけいに苛立ってしまう。

「まるで童だな。そこがかわいらしいのだが」

「かわいいとか言うな」

この男は相手にしていられない——そうは思うものの、どうにもその存在が気になって仕方がない。横目でちらりと朱紱を見ると、孝保は言った。

「来い、浅里」

わざと、彼を偽名で呼んだ。

「陰陽寮の中を案内《あない》してやる。ついてこい」

「はい、孝保さま」

彼は澄ましてそう言って、おとなしく孝保についてきた。そうしていると、かわいげがないこともないのだけれど。


陰陽師の仕事のひとつには、帝に仕える者たちの夢見がある。見た夢がどんな意味を持つのか、占いをおこなうのだ。孝保はそれを得意にしており、特に帝の妃たちに重用されている。

その日、孝保を呼び出したのは梅壺《うめつぼ》女御だった。孝保は茜丸と、そして朱紱を従え梅壺に向かった。

「梅壺女御とは、どのような女だ」

「そのように、畏れ多いことを」

孝保は朱紱を睨みつけた。

「言葉遣いに気をつけろ。今のおまえは、新入り陰陽師の浅里……それ以上の存在ではないのだからな」

「あー、はいはい」

煩わしそうに朱紱は言った。傍らでは、茜丸が尾をぱたぱたさせている。

「しかし、興味を持つくらいはいいだろう。どのような女……女人なのだ」

「なぜ興味がある」

なぜだかむっとして、孝保は問い返した。

「どのようなおかただろうと、おまえが気にすることはない。おまえは、私に従っておとなしくしておけばいいだけのことだ」

「なんだ、嫉妬《しっと》か？」

くすくすと朱紱が笑い、孝保はかっと頬を熱くした。

「だ、誰が嫉妬だ！」

「おまえだよ。私が女に興味を示したから、妬《や》いているのか？」

「そんなわけ、なかろう！」

なおも声をあげてしまい、そんな自分の反応に恥ずかしくなる。朱紱がなにを言おうと、放っておけばいいのに。言いたいことを言わせておけばいいのに、なぜいちいち反応してしまうのだろう。

「……いい、行くぞ」

「はい、孝保さま」

口では殊勝に言いながらも、朱紱は笑っている。そんな彼を腹立たしく思いながら、孝保は足早に、梅壺に向かった。

「恵良孝保、まいりました」

「おお、孝保」

朱紱が気にしていた梅壺女御は、長く黒い髪が印象的な、線の細い女人である。とはいえ、御簾越しにうっすらと見える姿しか見たことはないのだけれど。その影と、声から推測した次第である。

「ようまいった。それ、そこに座れ」

「本日は、新入りの者を連れまいりましてございます」

孝保は朱紱を促した。彼は殊勝に挨拶《あいさつ》をする。

「浅里朱紱と申します。女御さまには、ご機嫌麗しゅう」

「ほぉ、新入りとな」

梅壺は、興味深げに朱紱を見た。彼女のまわりの女房たちも、同じように朱紱に好奇の目を向ける。

「足労であったぞ。どれ、今日はその新入りの腕のほうを見ようかの」

「梅壺さま、ですが」

「なに、そなたが助けてやればよい。そのために連れ来たのではないのか？」

「ですが、この者は新入りです。梅壺さまのご機嫌を損ねるようなことがあれば……」

「よいよい」

朗らかに、梅壺は笑った。

「試しに夢見をさせてみよ。わらわの命《めい》じゃ」

「……かしこまりましてございます」

孝保は梅壺を説得することを諦《あきら》め、朱紱のほうを向いた。どこか得意げな顔をしている朱紱に、梅壺の夢占をすることを命ずる。

「では、梅壺さま。今日ごらんになった夢は、どのようなもので？」

そつなく朱紱が問いかける。口調だけは一人前だけれど、彼は人間を装って民間陰陽師を務めていたのだ。そのような態度を取ることは朝飯前であろう。

「まこと、異な夢じゃ」

ほぅ、と梅壺は息をついた。

「わらわは、庭に立っておった。そこへ大きな雷が落ちるのだ」

そこで梅壺は、言葉を切った。

「しかし痛みも苦しみもない。むしろ清々《すがすが》しい心地で、それでも……雷であろう?」

梅壺は、声を潜めた。

「恐ろしい夢ではないかと思うてな。そこで、陰陽師を呼んだのだ」

「梅壺さま、雷の夢は、吉兆にございます」

雷の神は、澄ましてそう言った。

「人に引き立てられるか、官祿《かんろく》を得ます。梅壺さまは、すでに帝の妃という畏れ多い地位にあられるおかた」

そしてそのうえ、世辞まで口にするのだ。

「このうえ、吉兆などは必要ないと存じますが、それでもなお雷の夢を見られたのは喜ばしきこと」

「そうか」

梅壺は満足そうだ。朱紱は頭を下げて、孝保の後ろに直った。

「ご満足いただけましたか」

孝保が問うと、梅壺はうなずいた。女房になにかを告げている。

「孝保さま、こちらを」

高坏《たかつき》に載って出てきたのは、小さな麻袋だった。その中に金の粒が入っていることは、今までの経験でよく知っていることだった。

「ありがたき幸せ」

そう言って受け取ると、孝保は朱紱にそれを渡した。

「このたびは、この者の働きにて務めを果たしました。ご褒美は、浅里にやりたいと思うのですが」

「もちろん、そなたがそう思うのなら、そうするがよい」

鷹揚に、梅壺は言った。

「面白き話を聞かせてもろうたぞ。また来るがよい」

「御意」

ふたりは梅壺を辞し、陰陽寮に戻る。先を行く茜丸を追って遊義門《ゆうぎもん》を出ながら、孝保はちらりと朱紱を見やった。

「うまくやったな」

「なにがだ？」

「梅壺さまのご機嫌を取り結ぶことに成功したではないか。梅壺さまは、おまえをかなりお気に入りになった」

「そうか」

 こともなげに、朱紱は言った。

「私は、そのようなことはどうでもいい」

「どうでもよくはないだろう。内裏のかたに気に入られるのは、陰陽師として誇れることだぞ?」

「私は、おまえのそばにいたいだけだ」

朱紱がそのようなことを言ったので、孝保は言葉に詰まった。思わずまじまじと、朱紱の顔を見つめてしまう。

「おまえのそばにいるために、陰陽寮に入った」

「なにを……」

続くべき言葉を失って、孝保は瞠目する。そこには朱紱が、どこか神妙な顔をして映っていた。

「おまえを、私のものにすると言っただろう」

「だからって……それが、陰陽寮に入る理由なんて」

しかも、人間のふりをして。それがなぜなのか孝保は問い、すると朱紱は真面目な顔をして言うのだ。

「おまえ以外には、興味がない」

「なに……」

「おまえ以外の人間には、興味がない。どうでもいい。私が欲しいのは、おまえだけだ」

「そのような、ことを……」

孝保はますます呆れてしまう。しかし朱紱は本気らしく、固い表情を崩さないのだ。どきり、と胸が鳴る。その理由がわからなくて、孝保は戸惑った。

「ばかなことを」

そう言って、孝保は彼の言葉を一蹴《いっしゅう》した。それでも胸が高鳴る衝動が抑えきれない。

孝保はそっぽを向いて、陰陽寮に向かって歩き出す。朱紱がそれを追い、その場にはふたりの足音が響いた。

「私は、おまえになびいたりしない」

孝保は、そう言いきった。

「おまえがなにをしようと、おまえに胸ときめかせることなど、ない」

「そう言っていられるのは、いつまでかな」

朱紱はいつものにやりという笑いに表情を変え、孝保を呆れさせた。

第三章　瑠璃宮《るりのみや》のこと

陰陽師《おんみょうじ》は、従七位上の身分を持つ陰陽寮の勤め人である。

殿上人ではなく、直接帝《みかど》に呼ばれるような身分でもない。しかし先日の病のときから、帝の信頼を勝ち得てしまったらしく、孝保はしばしば、帝に呼ばれた。

それは夢見のときもあったし、方違《かたたが》えの方位を尋ねるものでもあった。いずれの場合も孝保は帝の満足する答えをしたらしく、ますます重用されるようになった。

朱紱は、変わらず孝保の『後輩』として付き従っている。暑さが本格的になってきた皐月《さつき》のある日、孝保は朱紱とともに、帝に呼ばれた。

「おまえも？」

呼び出しの書簡を手に、孝保は首を傾《かし》げた。

「私だけではなく、おまえもか？　おまえも、帝のお呼び出しを？」

「どういうことでしょうね」

ほかの者たちの手前、朱紱は丁寧に話す。しかしふたりきりになったとたん普段の話しかたに戻るのだから、性質《たち》が悪い。

「どういうことだ。なぜわざわざ朱紱……浅里にも呼び出しを」

しかし帝からの呼び出しは絶対だ。ふたりは内裏に向かい、帝への拝謁を申し込む。帝はお待ちだったらしく、すぐに対面は叶《かな》った。

「お待たせ申しあげました」

御簾《みす》越しに対面できるとは、帝はずいぶんと孝保を買ってくれているらしい。そのことに恐縮しながら、孝保は頭を下げた。

「して、今日は夢見でございますか。方違えの方位でございますか」

「そなたたちに、瑠璃宮の警護を頼みたい」

突然の帝の申し出に、孝保は啞然《あぜん》と御簾越しの影を見た。

「瑠璃宮さま、ですか……」

五歳になる、帝の息子だ。藤壺女御出生の宮で、孝保も姿を見たことがある。

寵愛《ちょうあい》を受ける藤壺女御の宮であり、帝の寵愛のもっとも深い子供だ。その瑠璃宮の警護とは、どういうことなのだろうか。

畏《おそ》れ多い思いとともに、帝の意図を訊《き》く。すると彼は、楽しげに笑った。

「そなたは、我が信頼を置く陰陽師だ」

「畏れ多き……」

「その者に瑠璃宮を守らせようと思うのは、親心ではないか?」

「ですが、浅里もともにとは」

ちらりと朱紱を見て、孝保は言った。一方で朱紱は、なにもかもを理解したような顔をしているのだ。

「おまえたちは、常にともにおるではないか」

まるでふたりが、相棒かなにかであるかのようなことを言われた。孝保の頰《ほお》はかっと熱くなり、朱紱はにやにやと笑っている。

「浅里も、梅壺の寵愛を得ていると聞いておる。梅壺はずいぶんと、浅里のことが気に入ったと申しておったぞ」

「畏れ多いことでございます」

朱紱は殊勝に頭を下げた。しかし彼がなにを考えているのかは、孝保には理解できない。その顔を見て読み取ろうとしたのだけれど、わからない。

「そんなふたりに、瑠璃宮を任せるのは順当と言えよう……なにも面倒を見ろと言っているのではない、そういうことは、女房の仕事であるからな」

そう言って帝は笑った。なにしろ相手は、五歳の童である。しかし面倒を見るというのは、冗談だったらしい。自分も笑っていいものかどうかと、孝保は迷った。

朱紱を振り返ると、彼はなおも神妙な顔をしていて、帝の前で緊張している新入り陰陽師という態《てい》だ。

（本当は、そのようなこと思ってもいないくせに）

雷神は、ずいぶんと人間の真似《まね》がうまいらしい。そう思うとそのことが少しおかしくて、孝保は笑ってしまいそうになった。

「なにを笑っている、孝保」

「は……失礼いたしました」

朱紱のせいで、帝に注意を受けてしまった。それもこれも朱紱が悪いと、彼のことを睨《にら》みつけたのだけれど。

「そなたは、浅里が来てから変わったな」

「……は？」

帝を前に、おかしな声をあげてしまう。帝は楽しそうに笑っていた。

「以前は、それほどに表情豊かな者ではなかったのに。最近は、いろいろな顔を見せてくれるようになった」

「は……」

帝の笑いの前、どう反応していいのかわからない。表情豊かになったなんて覚えもなければ、それが朱紱のせいだなんていかにも腹立たしい。

「ほれ、自覚はないのか？」

「ございません」

「そうしていると、以前どおりの孝保なのだがな」

少しつまらなそうに帝は言って、そして話を繰り返す。

「なにはともあれ、瑠璃宮のことは頼んだぞ。おまえたちを守護として、あれも心強いことだろう」

「……かしこまりました」

帝の命《めい》であるという以上、従わないわけにはいかない。宮仕えの辛《つら》さを思い起こしながら、孝保は深く頭を下げた。

なにはともあれ、光栄なことではあるのだ。瑠璃宮を任せられるなど思ってもいないことであったけれど、いと高き御方をお守りするという職務は陰陽師として本望だし、全力を尽くす気持ちはある。

しかし朱紱と、相棒扱いをされているとは。それはいかにも腹立たしく、しかし帝に当たるわけにもいかない。意趣返しに、帝の前を退出してから孝保は、朱紱の脚を蹴《け》った。

表で待っていた茜丸が、驚いたように目を丸くした。

「また蹴る。いったいなにが気に入らないのだ」

「おまえと、相棒扱いされていることだ！」

そのようなこともわかっていないのか。孝保はまた、朱紱を蹴った。

「相棒のようなものだろう。なにをそれほど怒ることがあるのだ」

「おまえと相棒なんて、おぞましい！」

孝保は声をあげた。するとまわりの者がみんな孝保を見て、茜丸にまでまじまじと見られて、その視線に恥じ入った。それも朱紱のせいかと思うとますます腹立たしい。

「おぞましいとは……傷つくぞ」

朱紱はそのとおりの顔をした。しかしそれもつまらない演技に見えて、孝保は顔を逸《そ》らす。そして足早に、陰陽寮に戻った。

「待て、孝保」

朱紱が追いかけてくる。それをかわして、孝保は自室に足を向けた。

「孝保、帝から達しを受けたそうだな」

声をかけてくる者がいる。同じ陰陽師の、百瀬《ももせ》だ。彼はつりあがった細い目を、妬《ねた》みの色に染めて孝保を見ている。

（そのような顔をすると、邪気がやってくる）

それを百瀬は、知らないわけでもあるまいに。しかし自分ではどうにもならぬものが、妬心というものである。それは孝保にもわかっていて、だからなんでもないことであるふりをした。

「たいしたことはない。帝も、ご酔狂なことだ」

「まったくだ」

百瀬は言った。傍らで、茜丸が警戒を露《あら》わにしている。

「おまえなどをお召しになるとは……おまえごときの腕の陰陽師を重用なさるとは」

「あまりに言うと、帝への不敬になるぞ」

孝保は窘《たしな》めた。

「私のことは構わぬが、帝への無礼は、おまえも本意ではなかろう」

「……恰好《かっこう》をつけやがって」

百瀬はいきり立った。彼は拳《こぶし》を握って殴りかかってきて、するとそれを受け止めたのは朱絨だった。なおも警戒するように、茜丸がわんわんと吠《ほ》える。

「なっ、浅里。なにをする！」

「暴力に訴えるのは、よくないな」

百瀬の拳を握りしめて、朱紱は言った。

「おまえだってわかっているだろう？　ここで孝保さまを殴りつけて、いったい誰《だれ》が得をするのかと」

「おまえ……！」

百瀬は顔を真っ赤にする。そして、朱紱に摑《つか》まれた拳をいきなり引っ込めて、きびすを返すと乱暴な足取りで歩きはじめた。

「まったく、あの者は」

百瀬が突っかかってきたのは、一度や二度ではない。しかし彼の気持ちもわかるので、孝保はただ彼の後ろ姿を見やっているだけにとどめた。

「暴力に訴えるとは、恥じらいもなにもない」

「おまえが、それを言うか」

孝保が朱紱を睨みつけると、朱紱は「なんのことかわからない」という顔をした。

「そういう顔をするということは、私の言いたいこともわかっているのだろうな？」

「さぁ、なんのことやら」

とぼけたふうに朱紱は言って、そして孝保に背を向けた。すたすたと局《つぼね》の中に入っていってしまう。

「さぁ、今日は具注暦《ぐちゅうれき》の作成ですよ。お手伝いしますから、早く終わらせましょう」

「おまえ、どこまで本気で……！」

声をあげる孝保の背中を押して、朱絋は局に入っていった。そのあとを茜丸が追う。


瑠璃宮の局は、藤壺の一角にある。

帝からの言葉を受けた以上、瑠璃宮の警護に当たらないわけにはいかない。孝保は朱絋と、茜丸とともに、瑠璃宮の局に向かった。

宮の警護が厭《いや》なわけではない、厭なのは、朱絋とともに、というところだ。その気持ちを隠しもしないで彼を見ると、朱絋はにやにやと笑っている。

「そのような顔をするな、襲いたくなるだろうが」

「ばかなことを……！」

また彼を蹴ってやろうと思ったが、朱絋が密《ひそ》かな声でそう言ったのが藤壺への渡廊だったので、女房たちの手前、それはできかねた。

「瑠璃宮さま、恵良孝保さまと、浅里朱絋さまがおいでです」

女房が、高い声でそう言った。すると御簾の向こうにぱたぱたと足音がして、小さな子供が顔を出したのだ。わん、と茜丸が吠えた。

「わぁ、わんわん！」

子供は声をあげた。そして茜丸のもとに駆け寄ってくると、その小さな手で茜丸を撫《な》でまくったのだ。

茜丸は賢明にも、じっとしている。ひとしきり茜丸に構い、そして子供は顔をあげた。

「お父上がおっしゃっていた人？」

「そうですよ。信用できる陰陽師でいらっしゃいます」

角髪に結った、五歳くらいの子供だ。ああ、これが瑠璃宮か、と思う間もなく、朱紱が手を差し出した。

「おんみょうじって、なに？」

「宮をお守りする力を持つ者ですよ」

朱紱は、瑠璃宮を抱きあげたのだ。突然の無礼に孝保は目の前が真っ白になったけれど、瑠璃宮はきゃっきゃと声をあげて喜んでいる。

「おまえ、名はなんというのだ？」

「朱紱といいます」

澄ました顔で、朱紱は答えた。

「お見知りおきを、宮さま。そちらは、孝保とお呼びください」

「たかやす」

瑠璃宮の声はかわいらしく、孝保は思わず微笑《ほほえ》んでしまう。しかし彼は、危険な男の腕の中にいるのである。陰陽師として、朱紱の手からこそ守るべきではないか。孝保は迷った。

「孝保、朱紱。菓子をやろう」

甲高い声で、瑠璃宮は言った。

「遠慮するでない。これ、少将。菓子を持て」

「かしこまりてございます」

幼きながらにも、威厳のある童である。孝保は感心して瑠璃宮を見た。

少将と呼ばれた女房が、高坏《たかつき》の上に載った干菓子を持ってくる。蜜《みつ》を固めて揚げて作った菓子は見たこともない高級品で、幼子《おさなご》ならそれを独占したいだろうに、分け与えてやる心の広さになおも感心した。

「さ、食べよ」

「ありがたき幸せ」

その場に円座《わろうだ》を置かれ、座るように言われる。蜜の菓子を指先で抓《つま》む。口にすると、さくりとした感覚が心地よかった。

「美味《うま》いです」

「そうであろ」

得意げに、瑠璃宮は言った。彼は朱紱の腕から下りて、自分も菓子を抓んだ。小さな口に入れて、さくさくと食べている。そのさまがかわいらしくて、孝保は微笑んだ。

「おまえ、そのような顔をするのだな」

朱紱がささやきかけてきて、孝保は彼を見た。

「童が好きとは、知らなかった。よいよい、おまえに私の子を生ませてやろう」

「ばかなことを言うな」

孝保は一蹴《いっしゅう》した。

「そのようなことが、できるはずがなかろう」

「おや、おまえは忘れている」

にやり、と朱紱は笑った。

「私は、神だぞ？　おまえを孕《はら》ませることなど容易なことだ」

「な、に……？」

口からぽろりと、蜜菓子が落ちた。それを慌てて拾いあげながら、孝保は朱紱を睨みつける。傍らでは茜丸が、尾をぱたぱたとさせている。

「ばかなことを、考えるな？」

「ばかなことではない。それとも、わたしが神であるがゆえの力を、己が身で味わいたいか？」

ばかな、と孝保は繰り返した。にやりと笑った朱紱が、なにを企《たくら》んでいるのか。その考えに肚が冷えた。

「ふたりで、なにを話しておる」

瑠璃宮の甲高い声が、孝保の雑念を払拭《ふっしょく》する。

「わたしも仲間に入れてくれ。なんの話じゃ？」

「いえ、宮さまにお聞かせするような話では……」

戸惑って、孝保はそう言った。瑠璃宮はとことことふたりの間に歩いてきて、ぽん、と孝保の膝《ひざ》の上に飛び乗った。

「わ、宮！」

「内緒話は、嫌いじゃ」

膨れっ面をして、瑠璃宮は声をあげる。

「わたしも話を聞きたい。なんの話をしておったのじゃ？」

「いえ、たいした話では……」

「そのようではなかった。なんぞ、楽しい話をしておったのではないか？」

「楽しくはありません！」

思わず、童相手に本気になってしまう。瑠璃宮は、びくりと大きく震えた。

「そ、そうなのか？」

「そうです。宮のお耳に入れては、宮がご気分を害してしまうでしょう」

「そのような話じゃったのか？」

のう、朱紱。首を傾げて瑠璃宮は問うた。まさかなんの話をしていたのか、瑠璃宮の耳に入れるわけにはいかない。孝保は言葉を濁した。

「それなら、仕方がない」

ふぅ、と瑠璃宮は、大人のようなため息をついた。

「しかし、話をするときは、わたしも入れてくれ？　仲間はずれは、さみしい」

「は……」

瑠璃宮を膝の上に、孝保は戸惑ってしまう。どこか大人びたこの童は、じっと孝保を見てきて彼を惑わせた。

「のう、わたしとも話をしてくれ？」

「そうですね……なんのお話を？」

孝保が尋ねると、瑠璃宮はいたずらを企んだような顔をして孝保を見あげてきた。その表情はどこか、誰かに似ている、と思えば、朱紱なのだった。

（畏れ多い、宮さまを、あんな男と似ていると思うなんて）

しかし朱紱は雷神で、帝の息子である宮もまた神のごとき存在——そこにはなにか共通点があるのかもしれないと、孝保は思った。

「馬《こま》の話じゃ！」

瑠璃宮は声をあげた。

「わたしは、馬を持っておるのじゃ。競馬《くらべうま》のときに走らせるのじゃ。わたしが世話をしておってな、とてもかわいいのじゃよ。名は、茜《あかね》という」

「それは。その犬も、茜丸というのですよ」

「それはそれは」

茜丸のことを思い出したように、瑠璃宮はそちらを見た。茜丸は、ぱたぱたと尾を振っている。

「わたしが生まれたとき、茜も生まれたのじゃ。空が茜と瑠璃に染まっているときで、だからわたしは瑠璃で、馬は茜という」

「そうなのですか」

瑠璃宮は、にこにこと笑っている。孝保の膝から下りると茜丸の前に立ち、また小さな手で撫ではじめる。

「くすぐったいです、宮さま」

「おお、この犬は話すのか！」

驚いた瑠璃宮は、大きな声をあげて転がった。

「ま、宮さま！」

「陰陽師の犬ですから」

「そ、そのようなものかの」

女房に抱きとめられて、瑠璃宮が立ちあがった。懲りていない童は、また茜丸を撫でた。

「して、その者たち。わたしを守るとは、どのようなことをするのじゃ？」

「そうですね、まずは宮さまの御身のお近くに控えさせていただき、日々をお過ごしになるお姿を拝見させていただきます」

「ふむ」

瑠璃宮は、なおも茜丸を撫でながらうなずいた。

「そのうえで、なにか宮がお困りになることがありましたら、お助けさせていただきます。

お困りになることがあれば、なんでも」

「なんでも、か」

「はい、なんでも」

言って、孝保はうなずいた。瑠璃宮は、しばし考える。

「わたしは、困っておる」

「なにゆえでございましょう?」

「乳母が、干し鮑《あわび》を食えと申すのじゃ。あれは好かぬ。奇妙な味がする」

「鮑ですか……」

貴族とはいえ、殿上人ではない孝保の口には滅多に入らぬ高級品だ。それを嫌いだと言える瑠璃宮は、童ゆえにこうやって気軽に口を利いているが、確かにいと高き身分の御方であると実感してしまう。

「私は、鮑は好きですけどね」

「わたしは、嫌いじゃ」

そう言って瑠璃宮は、縋《すが》るように孝保と朱紱を見た。

「それは、お助けできませんね」

朱紱が言った。

「乳母どのは、宮のお体のことを思っておっしゃっているのです。乳母どののおっしゃることはお聞きにならなければなりません」

朱紱がまともなことを言うので、孝保は驚いてしまった。思わずまじまじと彼を見ると、神妙な顔をして瑠璃宮にうなずきかけている。

「それは、そなたらが陰陽師であるからそう言うのか？」

「陰陽師でなくとも申します」

「それでは、わたしを守ることにならぬではないか！」

わがままを言う子供そのままに、瑠璃宮は手脚をじたばたさせた。女房が「まぁ」と声をあげて、瑠璃宮をおとなしくさせようとする。

「お守りするときは、いたします。私たちの力をすべてかけて」

誠実な目をして、朱紱が言う。瑠璃宮はふむふむと聞いているが、孝保は『まともな』朱紱にただひたすら驚くばかりだ。

「しかし鮑のことは、陰陽師の手に余ることでございます。それは宮が乗り越えなくてはならないことにございます」

「そのようなものか……」

瑠璃宮はしゅんとしてしまった。それを慰めるように茜丸が「くぅん」と鳴いて、頬をぺろぺろと舐《な》める。

「わぁ、くすぐったいぞ！　やめよ、やめよ！」

そう言いながらも瑠璃宮は、まんざらでもない様子だ。その光景を微笑ましい思いで見つめながら、それでも朱紱が童を前にまともなことを言うことにまだ驚いている。

「なんですか、孝保さま。その顔は」

朱紱が言った。

「おまえがまともなことを言うので、驚いているのだ」

「なにをおっしゃいますか、私だって言いますよ」

軽口を叩《たた》き合うときの朱紱は、決して悪くないのだけれど。しかし無体をするこの男を前に油断はできない。孝保は表情を引き締めた。

「そのような、恐ろしい顔をして」

くすくすと、朱紱は笑った。

「かわいいのが台なしだぞ？」

「誰が、かわいい……！」

むっと声をあげた孝保を、瑠璃宮がじっと見ている。童の前で大人げないことをしてはいけないと、孝保はこほんと咳払《せきばら》いをした。

「なんの話じゃ？」

「宮さまがお聞きになってはいけない話です」

「またか」

呆《あき》れたように、瑠璃宮が言った。

「おまえたちは、仲よしじゃの」

「仲よしぃ？」

思わず声が裏返ってしまった。目を見開いて瑠璃宮を見、すると彼はくすくすと笑った。

「仲よしは、いいことではないか。わたしも仲よしの相手が欲しい」

「宮は、茜と仲よしでいらっしゃるではありませんか」

「茜は好きだが、馬以外の友達も欲しい」

「そのようなことをおっしゃって」

仲よし。瑠璃宮に言われたことが、頭に響いている。孝保は啞然と朱紱を見、彼が笑っているのに少なからず腹を立てた。


夜は、闇《やみ》の時間である。

悪鬼が跳梁跋扈《ちょうりょうばっこ》し、百鬼夜行が行き過ぎる。孝保と朱紱は、藤壺で夜を過ごしていた。瑠璃宮は、とうに帳台に入っている。その宮をときどき見てまわりながら、ふたりは夜の時間が過ぎ去るのを眺めていた。

「おかしなところは、ないようだけれどな」

宮に戻ってきた孝保はそう言って、息をついた。

「帝が、瑠璃宮の警護をお命じになるのは、なにかご懸念があってのことかと思ったが。特にそういう気配も感じない」

「単に、お気に入りの息子の身を案じているだけではないか？」

そう答えたのは、朱紱だ。彼は「やれやれ」と円座に座り、脇息《きょうそく》にもたれかかっている。そんな彼に呆れてみせながら、孝保も円座に腰を下ろした。

「こうやって毎晩、ここで夜を過ごすこともないだろう。そろそろ帰っても、いいのではないか？」

「そのようなわけに、いくか」

朱紱の提案を、孝保は渋ってみせた。

「帝は私たちをご信頼くださって、このお役目をくださったのだ。その期待を裏切るような真似をしていいはずがない」

「真面目《まじめ》だなぁ」

呆れたように朱紱は言い、孝保に睨まれて笑う。

「なんなら、私に任せるか？　おまえは帰って、休め」

「おまえに任せていいはずがないだろう」

驚いて、孝保は言った。

「休みはきちんといただいている。それに帝は、私たちふたりにこの任務をお与えになったのだ」

なおも孝保は言い張った。

「それを怠けるわけにはいかぬ」

「本当に、真面目だ」

くすくすと、朱紱は笑った。

「そういうところが、気に入ったのだけれどな」

「おまえに気に入られたくなどない」

つんと顎《あご》を反らせて、孝保は言った。相変わらずだ、と朱紱はまた笑う。

「そういうところがかわいいのだけれど」

「かわいいなどと、言ってはいらぬ」

いつもどおりの会話を交わしながら、ふたりはあたりに注意を払っていた。

「……来たか」

ふたりはうなずいた。ここしばらく、不穏な気配を感じていたのだ。だからこそ孝保は藤壺に控えていたし、朱絨も軽口を叩きながらも孝保を置いていくことはしなかったのだ。

「物の怪《け》だな」

「以前、帝に取り憑《つ》いたものとは……違う」

ふたりは立ちあがった。素早く印を結び、真言を唱える。

「オン、チシナバイシラ、マダヤマカラシャヤヤクカジャ、チバタナホバガバテイマタラハタニ……」

ひと息に真言を唱えると、藤壺の中に入り込もうとしていた物の怪が、ふいとこちらを向いた。

「男か……」

「内裏に、恨みを持つ者だな」

ふたりは冷静に、そう言い合った。

「官位を得られなかった者か、それとも……俸禄《ほうろく》をいただけなかった者」

「いずれにせよ、性質《たち》が悪い」

　ふたりは再び印を結び、毘沙門天《びしゃもんてん》の真言を唱える。ふたりの声が入り乱れ、それを耳にしたらしい物の怪は、その場に打ち伏して苦しみはじめた。

「朱紱、苦練炎《くれんえん》だ！」

「承知！」

　朱紱が印を組み直し、呪《しゅ》を唱えるとその手のひらから炎があがった。ただの炎ではない、諸悪を焼き尽くす毘沙門天の炎だ。それを物の怪に投げつけると、それが悲鳴をあげた。

「ナハシャダヤシャナモハガバテイシツデントバタラハダチ、ソバカ！」

　真言を唱え、降りてきた毘沙門天の力を朱紱の放った炎に込めると、物の怪は悲鳴のような断末魔の声をあげて、消えていった。

「……逝ったか」

「そのようだ」

　ふぅ、と孝保は息をつく。

「帝は、あれを懸念しておられたのかな？」

「気づいていたとしたら、そうだろう。どこまでご存知だったかはわからないが」

　朱紱はどこまでも、帝の能力について懐疑的だ。孝保としては、帝は帝である以上、陰陽師以上の能力を持ってすべてを見透かすのだと思っているが、朱紱の意見は違うようだ。

「なにはともあれ……あっ？」

藤壺の奥から声がする。寝ていた者たちを起こしてしまったようだ。

「孝保！　朱紱！」

「宮！」

帳台の中で寝ていたはずの瑠璃宮が、乳母に抱かれてやってくる。

「お目が覚められましたか」

「うむ、なにかの気配がしたからな」

眠っていたであろうに、瑠璃宮は眠そうな様子も見せず、元気に手を振っている。先ほどまで緊迫した空気の中にあっただけに、彼の姿を目にすると肩の力が抜ける。

「どうした、なにがあった」

「……物の怪が」

孝保は言葉に詰まった。そのような話を、瑠璃宮に聞かせてもいいものだろうか。しかし物の怪と聞いて、瑠璃宮は顔を輝かせたのだ。

「なに、そのようなものが我が宮におったのか！」

「さようにございます。私と朱紱で、祓《はら》いました」

「それは大儀じゃった。さすがじゃな、さすが、陰陽師じゃ」

瑠璃宮ははしゃいでいる。小さな子供なのに、恐れることはないのだろうか。

「お父上に、このことを申しあげようぞ。そなたちには褒美が与えられることであろう。楽しみにしているがよい」

「ありがたき幸せ」

朱紱が少し戯《おど》けて頭を下げ、瑠璃宮は満足そうにうなずいた。

「さぁ。宮さま。朝までは時間があります。おやすみになっておかなければ」

「眠くない」

「わがままをおっしゃらないで」

乳母が、瑠璃宮を抱いたまままた局の奥に行く。彼はぱたぱたと手を振って、それがいかにもかわいらしい。

「さぁて、任務は果たした」

疲れた、といった様子で朱紱が肩をまわす。

「我々も帰ろう。いつまでもここにいる理由はない」

「ああ……」

そう言って、孝保は朱紱を見やった。

「おまえは、どこからやってくるのだ」

常々不思議だったことを、孝保は問うた。

「どこに帰っていくのだ。教えてくれ」

「おまえの頼みとあらば、教えないでもないが」

もったいぶった口調で、朱紱は言った。

「しかし神がどこからやってくるか、おまえは知っているのではないか？」

「神……」

先ほどの物の怪祓いは、ふたりの気がとても合った。まるで以前からずっと相棒である者同士のようだった。彼と一緒に動くのははじめてではなかったけれど、これほど気が合ったことはなかった。

「天から、やってくるのか？　私のそばに？」

「おまえを見初めたからだ」

まるで愛の告白のように、朱紱は言った。

「おまえに会うためなら、どこからでもやってくるさ。天からでも、地からでも」

そして孝保の顎に、手をかける。上を向かされて、朱紱が自分よりも背が高いことに今さらながらに気がついた。

「私の愛《いと》おしい、孝保……」

「……あ」

ふたりの唇が重なりかけた、そのとき。

「孝保！」

「わ、っ！」

かわいらしい声が響き渡って、孝保はとっさに朱紱から遠のいた。見ると、瑠璃宮が走ってこちらにやってくるではないか。

「言い忘れた、おやすみ！」

「……おやすみなさいませ」

呆気《あっけ》にとられて、孝保はそう返した。目の前では朱紱が、苦々しい顔をして立っている。

その表情に、笑ってしまった。

「どうした、続きはしないのか」

「気が削《そ》がれた」

不機嫌そうにそう言って、朱紱はふいと視線を逸らせてしまう。

「行くぞ」

「ああ」

孝保は朱紱のあとについていきながら、いつまでもくすくすと笑っていた。

次の日、参内した孝保たちは、また帝に呼ばれた。

殿上人でもないのに、こうもしばしば帝の側《そば》に呼ばれるのは、畏れ多くも前世からの縁があったに違いない。そう思ってしまうほど、孝保たちは帝に気に入られていた。

「なんでも、藤壺にあった物の怪を祓ったそうだな」

「差し出がましいことをいたしました」

「よいよい」

上機嫌に、帝は言った。

「さすがだな。私が見込んだだけのことはある」

「畏れ多いことでございます」

なおも機嫌よく、御簾の向こうの帝は笑った。

「藤壺も瑠璃宮も、守ってくれた。なに、以前私が物の怪に囚《とら》われたことがあっただろう？」

「覚えております」

「あのときから、私にもなんとなく感じられるようになったのだ……物の怪の気配がな」

「まことでございますか」

孝保は驚き、朱紱を見た。そのようなことがあるのだろうか。となれば、帝はたいした感覚の持ち主だと言わねばならない。

「藤壺に、特に瑠璃宮の近くに、それを感じた。だからそなたたちを警護にと申しつけたのだ」

「それは……」

そんな帝の判断はさすがとしか言いようがないし、だからこそ藤壺の物の怪が悪さをする前に、事前に防ぐことができたのだ。

「おさすがでございます」

「なに、働いたのはそなたたちだ。私は、ただ危機を感じたに過ぎない」

「それでもやはり、おさすがでございます」

孝保は深々と頭を下げた。朱紱もそれに倣う。

「そなたたちは、なかなかに私を乗せるのがうまい」

「乗せてなどおりません」

いいや、と帝は首を振った。それが気配でわかった。

「よいよい、私は機嫌をよくしたぞ。そなたたちには、褒美を与えよう」

かくして、瑠璃宮の言っていたとおりになった。孝保たちの前には高坏が置かれ、その上には水無月《みなづき》が載っている。

水無月とは、菓子の一種である。葛《くず》でできた三角形の生地の上に邪気を祓うとされた小豆が載せられたもので、この季節にはぴったりの涼しげな菓子だが、物の怪祓いの褒美としてはいささか謎《なぞ》めいたものであるといえる。

「もっといいものが欲しければ、よく働け」

「そういうことでございますか……」

孝保と朱紱は、目を見合わせて笑った。

「そなたたちは、素晴らしき相棒だからな」

「相棒というのは、おやめください」

孝保が厭な顔をすると、今度は帝が笑った。

「いやいや、どこに出しても恥ずかしくない相棒だ。どこぞで物の怪騒ぎがあれば、そなたたちを向かわせよう」

陰陽師の仕事は、物の怪祓いばかりではないのですが。そう言おうとした孝保だったが、朱紱に視線で遮られてしまう。

「頼りにしているぞ、ふたりとも」

朱紱と相棒扱いされるのは不本意だったが、帝の言うことでは仕方がない。孝保はうなずき、ありがたく水無月をいただいたのだった。

□

藤壺での物の怪騒ぎも治まり、孝保は久々に自宅に戻っていた。

女房たちはずいぶん心配していたが、久しぶりの自宅に孝保は寛《くつろ》いでいた。単衣《ひとえ》一枚になって自らの局の端近に座り、脇息に体をもたせかける。

夜にならないうちに、その恰好で孝保は眠ってしまっていたらしい。はっと気づくとあたりは暗く、傍らの茜丸も丸くなって眠っている。

「私は……」

いつの間にか暗くなっていたので、自分がどこにいるのか一瞬わからなかった。ぱっと目を見開くと、あたりは闇で灯《あか》りのひとつもない。

「今……何刻、だ？」

わん、と茜丸の吠える声がした。しかし茜丸がどこにいるのかもわからず、孝保は手探りをした。

「わ、っ……！」

そんな中、いきなり目の前がぱっと明るくなった。庭に、稲光が走ったのだ。突然の雷鳴はおそらく朱紱だろう。孝保は、そのようなことにさえすでに慣れてしまっていた。

「朱紱か」

「相変わらず、油断しきった恰好をして」

現れたのは、やはり朱紱だった。杜若《かきつばた》の襲《かさね》の狩衣《かりぎぬ》をまとっていて、一方の孝保は、幸《さいわい》菱《びし》の単衣一枚で、しまった、と思ったときはもう遅かった。

「おまえは、家ではまったく無防備だな。私が見ておいてやらねば心配でたまらない」

「私は、おまえの訪問が心配だよ」

せめて気丈にそう言ってのけると、手燭《てしょく》を持った朱紱が笑っている。

「誰ぞ、おまえに懸想した者が忍び入ってくるやもしれぬではないか。その者に奪われでもしたら、私は泣くに泣けぬがな」

「泣くつもりなどないくせに」

朱紱は階《きざはし》をあがってきた。わん、と茜丸が吠える。朱紱は以前のように茜丸を叩き落としたりはしなかったけれど、しかし一瞥《いちべつ》をやっただけで結界の呪を唱えた。

「犬に邪魔されるのは、好かぬ」

「ただの犬ではない……式神《しきがみ》、だ」

つまらぬ抵抗をしてみようと思ったが、朱紘は微《かす》かに笑っただけだった。孝保の目の前に手をつくと、その唇を近づけてくる。

「や、めろ」

「そのようなこと、言うだけ無駄だとわかっているくせに」

笑いながらそう言って、朱紘はくちづけを押しつけてくる。その感覚は甘くて、孝保は思わず目を閉じてしまった。

「ん、ん……っ」

「おまえも、慣れてきたようだな」

「慣れさせたのは、おまえのくせに」

「だから言っているのだ。私以外の者に慣れられてたまるものか」

いったん唇を離し、再びくちづけられる。先ほどよりも濃厚な接吻《せっぷん》は孝保の意識をくらくらとさせ、反射的に孝保は目を閉じた。

「なにしろ、帝をして相棒と言わしめる私たちの仲だからな」

「そのようなことは、知らぬ……」

なにを言うか、と重なった唇越しに朱紘が告げる。

「知らぬとは言わせぬ。おまえこそが、我が相棒……妹背《いもせ》」

「妹背、と」

孝保は笑った。その笑いは、充分に彼を嘲《あざけ》るものになっていたかどうかわからなかったけれど。

「私たちは、男子《おのこ》同士だぞ」

「男子同士で、なにが悪い」

いかにも開き直った調子で、朱紱は言った。

「私たちの間に、妹背以外のどのような言葉を使うというのだ」

「……相棒、と」

はっ、と孝保は息をついた。

「それで、充分ではないか」

「いいや、足りぬ」

孝保の唇を舐めながら、朱紱はささやく。

「おまえのすべてを手に入れなければ、私は満たされぬ。早くおまえをくれ」

言って彼はまたくちづけてきた。唇を吸われてぞくぞくっと悪寒が走る。その震えが朱紱にも伝わったらしく、彼は密かに笑った。

「震えているのか？　はじめてでもないくせに」

「はじめてではないから、震えるんだ」

強がりを言うと、彼はますます笑いを濃くする。舌が唇を舐め、中に挿《はい》り込んでくる。

唇を舐められ歯を舐められて、挿ってきた舌は甘い味がした。

「ん、ん……っ、……」

口腔《こうこう》を舐《ねぶ》られる。上顎を舐められ頬の裏を舐められ、そうしていると、だんだんと意識が遠のいていく。今自分の体を好きにしている男のことしか考えられないようになり、それさえも意識の上から消え去って、ただ快楽を貪《むさぼ》るだけの獣に成り果ててしまう。

「んぁ、あ……あ、あ……っ、……！」

朱紱の手が、背にまわる。ぎゅっと抱きしめられて舌を吸い取られ、しゃぶるように愛《あい》撫《ぶ》されて、体はもどかしい思いでいっぱいになる。

「あ、や……、っ、……、っ、朱紱……」

「いや、ではないだろう？」

反射的にそう言うと、朱紱に窘められた。ちゅくちゅくと舌を吸われ、それが抜けてしまいそうになる。ぞくりと体の奥から震えて、悪寒が体中を走った。

「気持ちいいくせに。これを望んでいるくせに」

「望んでなど、いない……」

この行為は、朱紱が勝手におこなうものだ。孝保の意思はそこに介在しておらず、ひとり勝手に朱紱は孝保を抱く。孝保は了承していない。

「おまえが勝手に、することだ」

「なにが、勝手……」

朱紱は、くすくすと笑った。

「おまえだって、悦《よろこ》んでいるくせに」

「悦んでいない」

乱れはじめた声でそう言うと、それを悦ぶように朱紱はなおも笑った。その手は孝保の単衣を脱がし、胸に這《は》っている。何度も撫であげて乳首を抓み、そっと捻《ひね》られるとぞくぞくする感覚が湧《わ》きあがってきた。

「誰が……おまえを前に、悦ぶか」

「感じているくせに」

それは、否めない事実だった。すでに孝保の息はあがっており、この先を期待している。それでいて悦んでいるという事実を否定するのは、孝保の最後の意地だった。

「ほら、肌も粟立《あわだ》って、乳首も勃《た》っている。これを感じていると言わずして……おまえはそれでも否定するのだな」

「おまえには、私のすべてをやったりしない」

なおも固い口調で、孝保は言った。その息は乱れて心臓はどくどくとうるさかったけれど、そのことを朱紱に知らせてやるつもりはない。

「勝手に私を抱くといい……しかし心まではやらないから」

「頑《かたく》なだな」

笑いながら、朱紱は言った。

「おまえの体は、こんなに素直なのに」

「あ、あ……、っ……！」

きゅっきゅと舌を咬《か》まれた。するとぞくぞくとするものが伝わってきて、孝保は微かに声をあげる。自身がすでに感じて、硬くなっているのに気づいていたが、孝保は黙っていた。

「ほら……もっと啼《な》け。私に、いい声を聞かせろ」

孝保はとっさに、唇を嚙《か》んだ。同時に中に挿り込んでいた朱紱の舌も嚙んでしまったけれど、これも意趣返しだと気づかないふりをした。

「あ……！」

両の乳首を抓まれて、捏《こ》ねられる。するとそこから直接自身に衝撃が伝い来て、びくびくと感じさせられてしまうのだ。

「感じている」

「感じてな、ど……」

「嘘《うそ》を言え。おまえ自身も、もう硬くなっているだろう？」

わかっているのなら、触ってくれればいいのに。しかし朱紱は口でそう言うだけで、なおも孝保の口腔と、乳首を愛撫している。

「素直でない子には、罰だ」

痛みを感じるほどに乳首を抓みながら、朱紱は言う。

「おまえ自身に、触ってやらない。おまえひとりで、勝手に達《い》け」

「なに、を……！」

思わずさっと、青ざめた。ねだるように朱紱を見やったけれど、彼は本当にそのつもりなのだろうか。孝保に触れないつもりだろうか。ひとりで勝手に達しろと、そう言うのだろうか。

「朱紱……」

「そのような声を出しても、だめだ」

朱紱は孝保を押し倒し、口腔から舌を引き出す。頰に、耳に、顎にくちづけ、そのまま咽喉《のど》もとに、鎖骨に、そして胸に舌を這わせる。

「や、ぁ……っ、……、っ」

彼の唇が乳首をくわえ、ちゅうと吸い立てる。その感覚に体の芯《しん》までが痺《しび》れ、孝保は掠《かす》れた甘い声をあげた。

「んぁ、あ……あ、あ……、っ」

「いい声だ」

くすくすと笑いながら朱紱は乳首を吸い立てた。その間にも手は体をすべり、腰をまわって双丘に触れようとしている。

「や、ぁ……、ああ、あ……っ……」

もうひとつの乳首は指で抓まれ、たまらない愛撫を受けている。痛いほどに尖《とが》らされて押し潰《つぶ》され、捏ねられて、もうひとつはまるで赤子がそうするように音を立てて吸われて。その音に、頭がおかしくなっていくようだ。

「は、ぁ、ああ、あ……、っ……」

実際にもう、おかしくなっていたのかもしれない。男に押し倒されて、体を好きにされて、そのことを甘受している時点で。それどころか彼が下肢に触れない、自身に触れてく

れないと聞いて絶望を味わっているのだから。

朱紱の手は双丘を割り、すでに疼《うず》いている秘所に触れてくる。そこに指が当たってびくりと大きく反応してしまい、孝保は焦った。

「触れただけで、これほどに反応するとはな。おまえも、ここでの快楽に慣れてきたと見える」

「感じて、な……い」

「嘘ばかり」

朱紱は笑う。そして指一本を、そこに忍ばせてきた。

「ひぁ、あ、あ……ああ、あ……」

「易々《やすやす》と挿るな……ほら、嬉《うれ》しそうに私を呑《の》み込んで」

「いや、違う……、ち、が……」

中の襞《ひだ》を押し伸ばされ、彼の指はすぐにもっとも感じるところに至る。そこの肉をぐりぐりと押され、孝保の腰は大きく跳ねた。

「や、やだ、や、ぁ……、っ……」

「ここが感じるのだろうが」

孝保を責めるように朱紱は言って、なおもその部分を押し、引っ掻《か》き、円を描くように指をうごめかせた。

「もっと触れてやろう……おまえが泣きながら、私にねだってくるまでな」

「やっ、や……ぁ、あ……ああ、あ……」

すでに孝保は泣きそうだ。その部分は男の急所で、触れられて感じない者はいないだろう。そこをぐりぐりと押されて、爪《つめ》を立てられて、さらなる刺激を与えられる。触れられない自身は弾《はじ》ける寸前で、しかし直接の刺激がないから達くことができない。

「あ、あ、あ……、っ……、ん、んっ、ん、んっ」

頭がかき乱される。頭の中がぐちゃぐちゃになるかのようで、なにもまともに考えられない。そんな自分に涙した。涙を流しながら大きな声をあげて、そして自分自身を手放す。

「あっ、……ああ、あ……、っ、……ん」

「ああ、自分で達ったのか」

気づけば自身は白濁にまみれていて、触れられることなく達したのだということがわかった。そのことに、かっと頬が熱くなる。朱紱は、にやにやと笑いながら孝保を見ていた。

「自ら、達したな」

「……言うな」

「なにを言う、いいことではないか。おまえの素直な姿が見られて、嬉しいぞ」

彼は、孝保の吐き出した白濁を指先で掬《すく》い取った。それをぺろりと舐める仕草があまりにも艶《なま》めかしくて、孝保は目を逸らせてしまう。

「……舐めるな」

「甘いぞ」

とても信じられないことを、朱紱は言う。

「おまえの味がする……美味い。艶めかしい、おまえの味だ」

「やめろ」

後孔の指はそのまま、数を増やした。二本を、そして三本を突き込まれて息が止まる。それでも押し開かれることに慣れたそこは易々と指を呑み込んで彼に絡み、自らもっととねだりさえする。

「おまえの体は、素直であるのにな」

なにかを惜しむように、彼はそう言った。

「まったく、おまえ自身は素直でない。素直に感じさせてくれと言えば、いくらでも感じさせてやるのに」

「いら、ない……」

ふるふると、孝保は頭を振った。

「早く、離せ。私を自由にしろ」

「おまえが真実、そう望むのならな」

なおも深く、指を呑み込ませながら朱紱は言う。

「あ、あ……、ああ、あ……、っ」

「しかしおまえは、欲しがっているだろうが。ここに、私を挿《い》れてほしくて、たまらないだろう？」

「そのようなこと、望んでいない……！」

望んでいるなどと、考えたくもない。しかし体の疼きはますます激しく、後ろの奥が空虚で仕方がない。指では届かないそこに、男の欲望を突き挿れてほしい。かきまわして、奥まで突いて、もっと深い刺激を与えてほしい。

「違う、違う……」

「なにが違うのだ」

冷たい声で、朱紱は言った。その声の色にはっとする。目を見開くと、朱紱がそっとくちづけてきた。

「脚を開け」

その声で、彼は命令する。

「挿れてほしかったらな。ここに、私のものを挿れて狂わせてやる」

「あ、あ……、っ……、っ……」

今の孝保は欲だけになっていて、誇りとか意地とか——そういうものを忘れてしまっていた。

孝保は素直に、脚を開いた。そんな彼を見て、朱紱は微笑む。

「いい子だ。それほどにいい子なら、言うことをなんでも聞いてやろうぞ」

「は、やく……」

孝保は呻《うめ》いた。

「早く、挿れろ。私を……ひとりにするな」

「いい子だ」

彼はまた言って、そして指を引き抜いた。ぐちゅ、と淫《みだ》らな音がして、心地いい圧迫感が遠のく。あ、と思う間もなくそこには熱塊が押し当てられ、慎《つつ》ましやかな入り口を拡《ひろ》げはじめる。

「あ、あ……あ、あ……、っ……」

じゅく、じゅく、と男の熱が挿ってくる。その感覚に孝保は溺《おぼ》れた。それはあの感じる部分を執拗《しつよう》に擦《こす》り、孝保をさらに感じさせてから、奥へ奥へとゆっくりと挿っていく。

「っあ、ああ……ああ、あ、あ……、っ」

朱紱の肩に指を絡める。思いきり爪を立ててやって、彼が呻くのに少し意趣返しをした思いを得た。

「ああ、あ……っ、ああ、あ、……、っ……！」

「こら、そう締めつけるな」

苦しそうな息で、朱紱がささやく。

「感じるだろうが。私が、すぐに達ってしまってもいいのか？」

「や、ぁ……だ、あ……、っ……」

「ならば、おとなしくしろ。私をそれほどに感じさせて、どうする」

ずく、ずくとそれは孝保の奥を埋めていく。本来ならば知るはずのなかった種類の快楽に孝保は溺れ、朱紱の肩にしがみついて声をあげ続けた。

「あ、あ、あ……、っ、ん、ん、んっ」

彼自身が最奥に至り、ずんと深くを突かれる。引き抜いてまた突かれ、それを何度も繰り返されて眩暈《めまい》がした。

「あっ、や……ああ、あ……、ああ、あ……」

ふたりの腹の間で、孝保自身も擦れる。その感覚が心地よくて、孝保は立て続けに声を洩《も》らした。また自身は硬く張りつめている。腹で擦られるだけで、触れられずともまた達してしまうだろう。

「だめ、もう……朱紱……っ！」

「そのような、かわいい声を出してもだめだ」

抽挿を繰り返しながら、朱紱は苦笑した。

「もっと、おまえを味わわせろ。もっとだ、もっと……」

「だめだと、言っている……もう、私が限界だ」

「いくらでも出せ」

触れることはしないくせに、にやにやと笑って朱紱はそう言う。

「なんなら呑んでやってもいいが……そうか今日は、おまえには触れない約束だったな」

「そ、んな……約束」

孝保はふるふると首を振った。しかし朱紱は、自分の言葉を裏切るつもりはないらしい。

「さ、わって」

掠れた声で、孝保はねだった。

「触れてくれ……私に、触れてくれ」

「わがままだな」

朱紱は笑い、なおも抽挿を繰り返す。しかしその手は孝保の腰にかかったままで、彼自身に触れてこようとはしないのだ。

「触らないと、言っただろう」

彼は微笑みさえ浮かべながら、そのようなことを言うのだ。

「おまえは、ひとりで達け。それがおまえにはできるだろう？」

「やだ……、い、やだ……！」

孝保は声をあげた。

「触れて……私に。おまえの手で、達きたい」

涙がこぼれ落ちた。その瞳《ひとみ》でじっと朱紱を見つめると、彼が大きなため息をついた。

「その顔は、反則であろう」

「反則など、しておらぬ」

どこかおぼつかない口調で、孝保は言った。

「早く……、早く、触れて。もう、我慢できない」

自分の話しかたが小さな童のようになっている自覚はあったが、それを抑えることはできなかった。孝保は朱紱に抱きつき、早く早くと腰を揺らす。

「朱紱……！」

「ああ、もう！」

彼が突然大声をあげたので、驚いた。目を見開いている孝保の下肢に朱絋は手を伸ばす。完全に勃起《ぼっき》しているそれを手に摑んで、上下に扱《しご》いた。

「あ、あ、あ……、っ、……あ、あ、……！」

そうやって激しく孝保を追い立てておきながら、自らも腰の動きを再開する。奥を突き、引き抜き、また突き込んで。そうやって自らも快楽を得ながら、孝保にも快感を与える。

「あ、あ……だめ、達く、達く……！」

「私も、だ」

はっ、と朱絋が淫らな吐息をついた。彼は孝保の最奥で、そして孝保は朱絋の手の中で己を放ち、どく、どくと溢《あふ》れる淫液の流れに身を委《ゆだ》ねていた。

「は、っ……、は、ぁ……」

「ふ、っ……」

ふたりの吐息が絡み合う。吸い寄せられるように互いに唇を合わせ、くちづける。昂奮《こうふん》の波は治まらず、まるで食いつき合うような、乱暴なくちづけになった。

「は、っ……、は、ぁ……っ……、っ」

「ん、んっ」

ぴちゃぴちゃと、口もとから淫らな音があがる。ふたりの繫《つな》がった場所も水音を立てていて、ふたりは、二箇所で繋がっていた。

「はっ、はっ……、は、ぁ……」

「あ、あ、……、っ……」

そのことに、ふたりともおかしくなるくらいに感じている。それがわかっていても、繋がることをやめられなかった。

「朱紱……、っ……」

「孝保」

互いに名前を呼び、求め合う。相手の体温の高さが心地よくて、肌を擦りつけてしまう。裸の肌が擦れ合う感覚はあまりにも気持ちがよくて、孝保は朱紱に身を寄せた。

「かなり、素直になったたな」

ふふふ、と笑いながら朱紱はちゅっちゅとくちづけてくる。

「いつもそうやって、私に縋っておればよいものを。かわいいところを見せていればいいものを」

「だ、れが」

孝保は、意地を張ってそう言った。

「おまえに、そのような姿を見せてやるものか。このときだけだと心得よ」

「つれないやつだなぁ」

呆れたように、朱紱は言った。

「素直が一番だぞ？　このうつくしい男は、そのようなことも知らないらしい」

「誰が、うつくし……！」

思わず、がばっと体を起こす。すると脱がされかけた単衣が落ちて、孝保は全裸になってしまった。

「……！」

「おお、いいものを見た」

朱紱は喜ぶけれど、孝保はただ恥ずかしいばかりだ。単衣を取りあげて己の体を隠すけれど、全裸の姿は彼にはっきりと見られてしまった。

「……忘れろ」

「忘れるものか。このような場所で、おまえが肌のすべてを見せるとはな」

恥じらいにどうしようもなくなった孝保は、朱紱の脚を蹴る。痛い、とたいして痛くもないだろうに言った朱紱は、にやりと笑って孝保を見やる。

「愛おしい、我が妹背」

そして、歌を詠むようにそう言うのだ。

「おまえほど愛おしい者はいない。愛している、孝保」

「……ばかなことを」

そう言って傍らを向いたのだけれど、それは思わず口角があがってしまうのを隠すためだったのかもしれない。

第四章　風神と幼い宮

藤壺のまわりには多くの武官が集って守る、内裏でももっとも厳重に警護がされている一画である。

そこで起こった異変に、誰もが驚き悲しみ、懸念せずにはいられなかった。

「瑠璃宮が……？」

あのかわいらしい子供の身に、いったいなにがあったのか。聞かされて駆けつけた孝保は、驚くべきことを聞いた。

「行方が、知れなくなったと……？」

瑠璃宮の乳母は、泣き疲れて声も出ないようだ。この警護の中から、瑠璃宮がひとりで行方不明になるとはどういうことなのか。孝保は唖然とした。

「どういうことなのだ？」

「術の跡は感じられない」

素早く朱絨がそう言った。それは孝保も感じていたことだった。だからこそ、理由がわからなくて驚いたのだ。

「呪を操る者の仕業ではないようだ」

「それはわかっている。では、いったい誰が」

傍らでは、茜丸が吠えている。神獣たる茜丸の鼻でも、犯人がわからないというのだ。

「帝は、なんと言っておられるのだ？」

「帝も、たいそうな衝撃をお受けになって……探索の手を広げさせているのですけれど、いっこうに手がかりさえもなく」

気丈な女房がそう言った。きりりとつりあがったまなじりが印象的なその女房は、しかしやはりあの小さな宮がいなくなったことに誰よりも衝撃を与えられているようだった。

「……手がかりがなくとも、当然だろうな」

意味ありげなことを、朱紱が言う。どういうことだ、と孝保は問い質《ただ》した。

「これは、人間の仕業ではない」

「……では、なんの仕業だと？」

厭な予感を胸に、孝保は問うた。

「私と、近い気配がする。いや、これは……しかし、どうして」

「朱紱？」

そこに、対面する元気もないという帝からの文がやってきた。内容は瑠璃宮探索を孝保と朱紱に命ずるというもので、言われるまでもなく孝保はそのつもりだった。

「おまえ、なにを知っているのだ」

「まだわからない、しかしこれは……」

朱紱は束帯の袖を振るい、孝保に告げた。

「行くぞ」

「どこに……」

「瑠璃宮の探索だ、決まっている」

それは、言われるまでもなかったけれど。孝保たちは藤壺を出て、馬を駆った。茜丸は、その足もとをついてくる。

「瑠璃宮の気配は残っている。それを追うぞ」

「それは私もわかっている。しかし追うと言っても……」

この先にあるのは、叡山《えいざん》だ。その中に入るのは容易なことではなく、しかしそれは朱紱もわかっているようだった。

「こちらには、帝の許しがある。瑠璃宮を捜すためなら、どこにでも行くさ」

器用に馬を操りながら、朱紱は言った。一方の孝保は、濃くなっていく異変を前に戸惑いばかりが大きくなるのだ。

「おまえと近い気配ということは……神の仕業だということか」

「ああ、いわゆる神隠しだな」

あっさりと、朱紱は言った。神隠しであることはわかっている、と孝保が苛立《いらだ》つと、文字どおりの意味だと開き直るようなことを言った。

叡山の麓《ふもと》は、季節外れの冷たい風の吹く寂れた場所である。孝保が大きく身震いすると、大丈夫だと朱紱が言った。

「瑠璃宮は、必ず捜してみせよう。しかしなぜ瑠璃宮なのか。なぜあの童が神隠しなどに遭うのか」

「やんごとなきおかたであるからではないのか？」

「それだけが理由ならば、いっそ容易《たやす》いのだけれどな」

言い捨てるように言って、朱紱は霞《かす》む山を見あげようとした。

強く、風が吹く。冠を飛ばされそうになって孝保は慌てて頭を押さえ、一方の朱紱はそのようなことは構わず山の上を睨みつけている。

「どうした、朱紱……」

「厭な、気配がする」

彼はそう言って、唇を噛んだ。

叡山の中は、馬上であることが許されない。孝保は茜丸を供に沓《くつ》を履いた足で山に登る。慣れない登山は苦しく、孝保はすぐに息が切れた。茜丸に励まされさりげなく朱紱に助けられ、どうにか登った先はうらぶれたさみしいところで、このようなところに瑠璃宮がいるのかと思うと気の毒でたまらなかった。

あの口の立つ幼い童は、このようなところに連れてこられたというのだろうか。ひとりきりでさみしい思いはしていないだろうか。それとも瑠璃宮を攫《さら》った者が、常にともにいるのだろうか。

「気配が、強くなった」

「なんの？」

孝保が問うと、朱紱は厭そうな顔をした。口にしたくもないというようだ。

「待て、これは人間の仕業ではないと言ったな。おまえと近い気配がする、とも。おまえは雷神だ。ということは……」

そこに強く風が吹いて、また冠を飛ばされそうになる。それを懸命に押さえながら、孝保は朱紱を見た。

「……風神？」

「さすがに、よく知っているな」

感心したように朱紱は言ったけれど、ここは感心されていいところなのかどうかは量りかねた。

「そうだ、風神の気配が頻々とする。なぜ瑠璃宮を狙《ねら》ったのかはわからないが、これはおそらく、風神の仕業だ」

「知り人なのか」

孝保がさらに問うと、朱紱はますます厭そうな顔をする。

（仲がよくないのだろうか）

それでは、瑠璃宮を取り戻すことが遠くなってしまうかもしれない。そう思うと落ち着いていられず、孝保はあたりの気配を探りはじめた。

「茜丸、なにか感じるか」

「少し……ただならぬ気配はいたします」

尾をぱたぱたとさせながら、茜丸は言った。それで充分だ。朱紱が乗り気でないのなら、孝保が瑠璃宮を捜すまでだ。

あたりを探り、瑠璃宮の気配を捜す。手をかざして気配を受け止める。すると視線の先、岩の陰にある小さな気配を見つけた。

「……いた」

思わずそう呟《つぶや》いた。それが瑠璃宮である確信はない。そのまわりには強力な結界が張られていて、おいそれとは近づけない場所であったからだ。

「なんだ、この結界の呪は」

孝保は驚いた。

「これほどの技が使えるのは、並大抵の者ではない」

「だから、相手は風神だと言っただろう。これほど風の吹く場所なら、やつの本領」

憎々しげに、朱紱は言った。

「どういう意図で瑠璃宮を攫ったのか、突き止めなくてはならぬ。孝保、その気配はどちらから？」

「あちらだ」

孝保が指さした先に向かって、ふたりと一匹は歩く。そこは岩を積み重ねてできたような険しい崖《がけ》で、歩き慣れていない孝保は、ともすれば歩行の均衡を崩しそうになってしまう。

「大丈夫か、孝保」

「おまえの手は借りぬ」

気丈に孝保はそう言って、岩の上を歩いた。石壁にぶつかって沓がかちかちと音を立てる。このような場所などを歩くことになるとは思っていなかったから、孝保はたいそう困惑した。

「早く、このような場所は抜けよう」

朱紱は言った。

「厭な予感が拭《ぬぐ》えぬ。なにか……よくないことが起こりそうな」

「よくないこと？」

孝保が言った、そのときだった。

「あ……？」

空気が歪《ゆが》んだ。そう思った。ぐわん、と空間がひずむ感覚があって、それに頭が痛くなった。あたりの光景が変わる。一面の険しい岩場だったのに、そこは白く塗り潰された空間に変わっていた。

「な、んだ、ここは！」

ぱおん、と奇妙な声がした。見れば、見たことのない鼻の長い姿をした大きな大きな動物が歩いている。その足もとにはやはり見慣れぬ動物に合わせて、牛や馬、犬に猫、鼠《ねずみ》に鶏が歩いていて、まるでおかしな百鬼夜行のようだった。わん、と茜丸が大きな声で吠えた。

「なんなのだ、あれは……」

「わからない」

朱紱がそう言った。孝保は驚いて彼を見る。雷神たる彼にもわからないとは、どういうことだ。ここは朱紱以上の位のものが支配する世界だというのか。

動物たちの行列は、どこまでもどこまでも続いている。終わりというものは見えなくて、ここが異様な空間であることをますますはっきりと知らしめる。

「わからない……が、なんらかの力が働いていることには間違いがない」

大きく眉《まゆ》をひそめた朱紱は、苦々しい声でそう言った。

「術の主をどうにかせねば、この場所からは逃れられないだろう。なにか……どこか、手がかりが」

そこに、大きな風が吹いた。動物たちの毛並みが大きく揺れる。風はだんだんと強くなっていって、衣の裾《すそ》がばたばたと激しく揺れた。

「風神か……！」

朱紱が叫んだ。彼はちらりと孝保を見て、その視線の意味を理解した孝保はとっさに印相を結んだ。

「ノウモボタヤ、ノウモタラムヤ、ノウモソウキヤ、タニヤタ、ゴゴゴゴ、ノウガレイレイ、ダバギキ、ゴヤゴヤ、ビジャヤヤヤ、トソソソ、ゴロロロ、エイラメラ……」

孔雀《くじゃく》明王《みょうおう》の大呪だ。それを口早に唱えながら、孝保は組み合わせた手の親指と小指を立てる印相に強く力を込めた。

「……バラシャトニバ、サンマテイノウ、キシャソニシャソ、ノウモボダナン、ソバカ！」

朱紱も同様の印相を結び、大呪を唱えるふたりの声が重なり合う。

これはかつて孔雀明王が、捕縛されたときにこの大呪を誦したところ、呪縛《じゅばく》がおのずと解けたという故事による。

先ほどこの空間に入ったときのように、空間が歪むのが感じられた。とたん、きりりとした痛みが孝保の頭を走り、彼は呻いて印相を解いてしまう。

「孝保！」

「す、まな……」

孔雀明王の大呪が、壊れてしまった。再びふたりと一匹が閉じ込められている空間は、奇妙な動物たちの練り歩くこの世ならぬ場所となってしまう。

「風神！」

よろけた孝保を支えながら、朱紱が叫んだ。

「ここはどこなのだ！　私たちを解放しろ、さもないと……」

「ほう？」

どこからともなく、声が聞こえた。風がいっそう強くなる。

「さもないと、どうするというのだ？」

「……破壊する！」

そう叫んで、朱紱は立ちあがった。彼は見たことのない印相を結び、聞いたことのない呪を唱えた。

「う、わ……っ！」

茜丸が、不快そうな声をあげた。あたりはたちまち身が引き裂かれそうな雷に包まれる。それは目を閉じていても瞼《まぶた》の裏に沁《し》み込む光と、耳をつんざく音。孝保はとっさに、茜丸とともにしゃがみ込んだ。

雷が、何度鳴っただろうか。稲光が何度またたいただろうか。やがてこの空間の壁に、ぴしり、と亀裂が走ったのに孝保は気がついた。

「朱紱！」

「落ち着け、あと一歩だ」

孝保にそう言い置いて、朱紱は呪を唱える声を大きくする。やがて、ここがまるで卵の中で、外からぱかりと割れたかのように、世界がもとに戻ったのだ。

「帰った……？」

「どうやら、そのようだな」

はっ、と朱紱は息をついた。あたりは先ほど難儀していた岩場で、目をあげて先を見ると、岩を抉《えぐ》って作ったかのような大きな洞窟《どうくつ》が見て取れた。感覚を研ぎ澄ませてみれば、出入り口には強い結界が仕掛けられていて、そこに瑠璃宮は閉じ込められているのかもしれなかった。

「呪が」

「あの程度、なんでもない」

孝保はそう言って、解呪をおこなう。すると瑠璃宮らしき気配を感じ取ることができた。

孝保は、朱紱と茜丸とともに中に入る。

「瑠璃宮さま、いらっしゃいますか？」

自分の直感が間違っているとは思わないけれど、しかしあのような目に遭ったのだ。ここは慎重にならざるを得なかった。

「瑠璃宮さま……！」

名を呼びながら、慎重に洞窟の中に入っていく。茜丸はしきりにあたりの匂《にお》いを嗅《か》いでいたけれど、なにか感じることはできたのだろうか。

「瑠璃宮……！」

彼は、そこにいた。洞窟の奥はちょっとした局のようになっていて、柔らかく生えた苔《こけ》の上で丸くなって眠っていた。その頬には泣いた跡がある。

「宮さま……」

安堵《あんど》に、座り込みそうになった。見たところ瑠璃宮は眠っているだけで、酷《ひど》い目に遭った様子はない。泣くのはたくさん泣いただろうが、傷つけられたり拘束されたりということはないようだ。

もっとも、あれだけ強い結界が張ってあったのだ。瑠璃宮はここがどこだということもわからず、ずいぶん心細い思いをしたことだろう。

「宮さま、孝保がまいりました」

彼の角髪の髪を撫でてやりながら、孝保はささやきかけた。

「朱紱も、茜丸も一緒ですよ。宮さま、お目覚めください」

しかし瑠璃宮は、泣き疲れたらしく起きる様子を見せない。白い頰を涙でぱりぱりにして、すぅすぅと眠っている姿はかわいらしいけれど、その眉根に皺《しわ》が寄っているのを見ると悪夢を見ているのではないかと心配になってしまうのだ。

「宮、宮」

瑠璃宮を起こそうとする孝保を、朱紱は止めた。

「あいつに振りまわされて、疲れて寝ているのだろう。起こしてやるな」

そう言って朱紱は孝保を遮り、眠っている瑠璃宮を覗《のぞ》き込んだ。

「あいつ、だと？」

「そうだ。風神。黄丹《おうに》」

「黄丹？」

苦々しい顔で、朱紱は言った。

「風神の名だ。あいつが、そのあたりにいる」

「それが、瑠璃宮さまと私たちを振りまわしたと？」

そうだ、と朱紱はうなずいた。いかにも厭なものを見るという目であたりを見まわし、大きなため息をつく。

「なにが目的かはわからない。しかし黄丹が瑠璃宮を拐《かどわ》かしたのだろう。そして今も、このあたりにいる」

朱紱は、厳しい視線でまわりを見る。しかし孝保には、黄丹とやらの気配は感じられない。相手が神だからだろうか。その気配を隠しているというのだろうか。

孝保は、あたりを探る。これでも陰陽師だ、この世ならぬ者の存在くらい感じ取れなくてどうするのだ。しかし孝保が黄丹の気配を感じる前に、「んん……」と幼い声がした。

「瑠璃宮さま！」

「瑠璃宮」

「ん……孝保？」

「そうです、孝保です」

彼のもとに駆け寄った。目覚めた瑠璃宮はその小さな手を差し伸べ、甘えるように孝保に抱きついた。

「わぁぁ、孝保……！」

「宮、お辛かったでしょう。よく我慢なさいましたね」

「わぁぁ、ああ、ああっ……」

瑠璃宮は、孝保たちを見て泣き出した。その小さな口からは精いっぱいの絶叫が迸《ほとばし》り、大きな瞳からは涙が溢れ出す。孝保は慌てて、瑠璃宮を抱きあげた。

「おお、よく我慢なさいました」

「うわぁぁぁぁ、ああ、ああ、あ！」

洞穴に、童の泣き声がこだまする。童の相手などほとんどしたことがない、どうやってあやせばいいのか迷いながら、精いっぱい瑠璃宮を抱きあげ、腕の中でゆらゆらとする。

「それほどに、お泣きなさるな。おお、よしよし」

その光景を、朱紱が見つめている。彼の視線に晒《さら》されることに、急にたまらない羞恥《しゅうち》を感じた。

「あまり、見るな」

「なぜだ？　子をあやすおまえ……なかなかによい光景だと思うが」

「なにが、よい光景だ」

孝保は唇を尖らせて朱紱の言葉に逆らい、彼はにやにやと笑って、孝保を見た。

「私の子をあやす予行練習といったところだな。よしよし、いい姿だ」

「ばかなことを言うな！」

孝保は、びくりとした。腕の中の瑠璃宮はまだ泣いていたから、ぎゅっと抱きしめて庇《かば》うようにした。

異な空気が漂ってきたのだ。洞窟の中だというのに、大きな風が吹いた。瑠璃宮の角髪がさらさらと揺れ、泣いていた瑠璃宮は、ふいにびくっと体を震わせて泣きやんだ。

「私の宮を、奪おうとする者は誰だ」

聞いたことのない声だ。孝保は警戒に体をこわばらせた。

「私のものだ。私のものを、誰が奪おうとしている……」

入ってきたのは、金色の長い髪をなびかせた男だった。大柄で、奇妙な柄の直衣《のうし》を着ている。彼はやはり金色の瞳をつりあげて孝保たちを睨みつけていて、瑠璃宮は彼の姿を目に、ますます大きく泣き出した。

「私の宮だ、返せ！」

「なにを言っている。宮は、おまえのものなどではない！」

孝保は声を荒らげた。黄丹は、きっと孝保を睨みつけた。

「瑠璃宮は大切なお子……このようなところに閉じ込めて、どうするつもりだったのだ」

「私のものだと、言っただろう」

そして黄丹は、意外なことを言った。

「私の、雲母《きらら》」

「なに……？」

その言葉の意味を量りかねて、孝保は問い返した。雲母、とはいったいなにか。しかしその答えを得る前に、孝保の前に飛び出してきたのは朱紱だった。

「退《ど》け、こいつは危険だ！」

「き、危険？」

いったいどういうことだろう。そして黄丹の洩らした『雲母』との言葉。謎に思いながらも孝保は、互いを睨みつけてただならぬ気配を漂わせはじめた朱紱と黄丹から、抱きあげた瑠璃宮を遠ざけるしかなかった。

「うぉぉぉぉお！」

叫んだ朱紱は、両手を広げる。その上に稲光が落ちた。あたりがぱっと、明るくなる。

「うわぁぁぁあ！」

瑠璃宮はまた大きく泣き声をあげた。洞窟の中は瑠璃宮の泣き声と、雷の音と、そしてびゅうびゅうと吹き抜ける風の唸《うな》り声でいっぱいになる。

「覚悟、雷神！」

黄丹が両手を合わせる。すると吹く風はますます強くなった。冠が飛んでいく。

「う、わっ！」

孝保は叫んだ。とっさに頭を押さえたけれど、もう遅い。冠はころころと転がってしまっていってしまって、恥じらいに孝保は顔を熱くした。

激しく雷が鳴る。強烈な風が吹く。その中にあって瑠璃宮はなおも泣き続けており、睨み合う朱紘と黄丹を前に、孝保は戸惑うしかなかった。

「いったい……なにが、起こっているんだ」

そんな孝保の呟きも、鳴り響く雷、吹きすさぶ風、そして瑠璃宮の泣き声にかき消されてしまう。次第に雨まで降りはじめ、あたりは凄《すさ》まじい天候に包まれる。

この天候は、雷神と風神が争っているがゆえなのだろう。それは推測できたが、徐々に酷くなってきているのはなにゆえなのだろう。

「宮、宮……お泣きにならないで」

必死に瑠璃宮をあやすものの、彼の泣き声はますます大きくなる。彼の泣き声が大きくなるごとに、荒天がますます酷くなっていっているようなのは気のせいか。雷神と風神、ふたりの争いがますます激烈になっているからだろうか。

瑠璃宮が体を捻って泣くもので、彼の体を取り落としそうになる。必死にその体を抱きとめながら、孝保は朱紘と黄丹のほうを見やる。ふたりは睨み合い、呪を唱え、この荒天が目に入っていないようだ。自分たちがなにをしているのか、わかっていないようだ。

(あのふたりを、抑えないと)

孝保は考えた。

（もっともっと酷いことになる。瑠璃宮も、泣きやまない）

そう思った孝保は、抱きしめる瑠璃宮に、声をかける。

「宮、申し訳ございません。少し、離しますね」

「わぁぁぁぁあ、あぁぁぁぁぁぁん！」

凄まじい泣き声を立てる瑠璃宮を下ろそうとすると、彼は身を捻ってますます泣いた。あまりに泣くものだから下ろしていいものかと考えたところ、ひくっ、と大きく咽喉を鳴らして、そしてひきつけを起こしたように動かなくなってしまったのだ。

「み、宮！」

孝保は慌てた。しゃがみ込んで瑠璃宮の様子を窺《うかが》い、しかし彼は動かない。本当にひきつけを起こしてしまったのかもしれない。しかし孝保には、どうしていいものかわからないのだ。

「雲母！」

叫んだのは、黄丹だった。朱紱と取り組みあっていた彼はぱっと手を離し、すると勢いのついていた朱紱はその場に転んでしまう。そんな朱紱に構わず、黄丹はこちらに飛んできた。

「雲母、雲母！」

「今、大きく震えて……ひきつけを」

黄丹は瑠璃宮に取りすがり、声をあげている。しかし瑠璃宮が気がつく様子はなかった。

背後では朱紱が「黄丹！」と声を立てているがそれにも構わず、いきなり黄丹が瑠璃宮にくちづけたことに驚いた。

「な、なにをしている！」

「雲母の息が、失われている」

独り言のように、黄丹が言った。

「取り戻さないと……私の息を、吹き込んで」

「そのようなことをして、なんになる」

疑わしく孝保は言った。

「息を失ったから、息を吹き込む？　そのようなことで、呼吸が戻ったりするものか」

「そのようなこと、わからないだろう！」

叩きつけるように黄丹は叫んで、大きく息を吸うと再び瑠璃宮にくちづける。愛おしそうに唇を押し当てるさまにそれ以上の口出しができなくて、孝保はその場を見守った。

「けほ……っ、っ」

瑠璃宮が微かに咳《せ》き込んで孝保は、はっとした。彼は息を取り戻したようだ。黄丹は今にも泣き出さんばかりの表情で瑠璃宮を抱きしめ、その腕の中で瑠璃宮はきょとんとしている。

「わた、しは……?」

「黄丹、この嵐《あらし》をどうにかせよ」

孝保は言った。

「朱紱もだ。おまえたちが激昂《げっこう》しているから、このような天候なのだろう。だから瑠璃宮さまはお泣きになって、あのように呼吸が止まってしまわれたのだ」

早く天候をもとに戻せ。そう命ずる孝保に、朱紱は迷うように言った。

「しかし、いったん荒れた天候は、雷雲の気が治まるまで、やみはせぬ」

「風も同様だ。吹き始めた風は、吹き終えるまで止まりはせぬ」

「やかましい!」

口々に言うふたりを、孝保は睨みつけた。

「瑠璃宮さまのためなのだぞ? 宮が、二度と息をなさらないようなことがあってはどうする」

「しかし」

瑠璃宮を抱きしめている黄丹が、声をあげた。

「天候は、少しは治まったではないか。ほら、風の音が」

「雷の音も、やんでいる」

孝保は耳を澄ませた。確かに嵐の勢いは、少しばかり落ち着いている。叩きつける雨も先ほどのようではない。

「本当だ」

表を見ながら、孝保は言った。瑠璃宮は、まだ呼吸を失った衝撃が治まらないといったように目を見開いていたけれど、ややあってまた泣き出した。

「宮、宮！」

「いや……この童が泣くと、嵐が酷くなりはしないか？」

そう言ったのは、朱紱だ。それはそうだ、とうなずいたのは黄丹だった。

「当然、そのような力があっても不思議ではない。この童は、雲母の生まれ変わりなのだからな」

「雲母……それは、何者だ？」

「私の恋人だ」

胸を張って、黄丹は言った。恋人？　と、孝保は問い返した。

「そうだ。死んでしまった、私の恋人……雲母は人間でありながら、私と交わったことで神気を得ていた。瑠璃宮はそんな雲母の生まれ変わりだ。だから、このような力を持っている」

黄丹は言う。雲母の死から、彼はずっと雲母の魂を探していた。ある日朱紱の気配が濃くなったところを意識して見てみると（そう言ったとき、黄丹は厭そうな顔をした）、瑠璃宮がいた。雲母の生まれ変わりである、瑠璃宮がいた。

「ああ、あのとき感じた気配は、おまえだったのか」

「そうだ。あのときから、私はずっと瑠璃宮を見ていた。藤壺の物の怪騒ぎも、なにもかもを私は知っている」

そう言って黄丹は、瑠璃宮を抱きしめる。彼の腕の中で、瑠璃宮はどうにか意識を回復したようだった。

「そなたは、誰じゃ」

「私は、黄丹と申す者」

丁寧な調子で、黄丹は言った。

「宮の御身を案じる者です。宮は、私のかつての……知り人の、生まれ変わり」

「なんじゃ、それは」

瑠璃宮は首を傾げた。その姿が愛おしくてたまらぬというように、黄丹はにっこりと微笑んだ。

「今は、おわかりにならぬかもしれません。いずれ、思い出されることでしょう……宮の、かつて生きておられた時間を」

「ふん？」

なおもよくわからない、といった表情の瑠璃宮だ。しかし黄丹が彼を抱きしめると、鷹《おう》揚《よう》な表情で目をすがめた。

「おまえは、わたしを助けてくれた者だな」

「畏れ多いことでございます」

黄丹は言って、また瑠璃宮を抱きしめた。そうしているうちにも雨はやみ、風と雷も治まってきた。それに瑠璃宮は、ほっとしたような顔をする。

「情けないところを、見せた」

「とんでもございません」

瑠璃宮は、恥じらうように目をごしごしと擦った。

「どうしてあんなに泣いたのか、わたしにもわからぬのだ。なにかが取り憑いておったとしか思えぬ」

「宮さまには、なにも取り憑いてはおりませぬ」

風神である、黄丹が言った。

「私がともにある限り、宮さまをそのような危険な目には遭わせませぬ。ご安心くださ
い」

「そなたは、わたしとともにいてくれるのか」

「この命に替えましても」

そうか、と瑠璃宮はうなずいた。

「では、わたしの宮への出入りを許そうぞ。わたしの身を守るがよい」

「御意」

黄丹は、頭を下げた。そんな彼を見やっていた瑠璃宮は、ふいに表情を曇らせた。

「さすればわたしを、お母上のところに連れていってくれ」

そう言って当然だ、瑠璃宮はまだ、五歳の童でしかないのだから。

しかし黄丹は、焦った様子を見せた。瑠璃宮を抱きしめ、声をあげたのだ。

「いけません！　宮は、私とともにおられねばなりません！」

「しかし……わたしは、お母上のもとに戻りたいのじゃ」

「なりません、それはなりません……！」

黄丹は泣きはじめる。瑠璃宮は困った顔をして、孝保を見やった。

「そういうわけには、いかないだろう」

孝保は黄丹を宥《なだ》めようとした。

「瑠璃宮は、まだ童……母上を恋しく思われるのは道理だろう」

「だめだ！　瑠璃宮さまは、私とともにおられなくては！」

「黄丹」

朱紱を振り返ると、彼も困った顔をしている。黄丹の情熱はほかの者が口を出すような段階ではなく、孝保と朱紱は、息を呑んでふたりを見つめていた。

「黄丹、とやら」

落ち着いた声でそう言ったのは、瑠璃宮だった。

「そなたが私を慕ってくれるのは嬉しい……が、私はお母上のもとに戻らなくてはならぬ。わたしは雲母であると同時に、お母上の息子なのだからな」

「宮……」

大人たちが右往左往する中、落ち着いた瑠璃宮の言葉を聞いて恥ずかしくなる。瑠璃宮は手を伸ばして、その小さな手で黄丹の頭を撫でさえした。

「わかっておくれ。そなたは、今まで待ったのだ。わたしが大人になるまで待てないということはあるまい……？」

「御意、にございます」

渋々、というように黄丹は言った。

「今の瑠璃宮さまには、宮の生活がある。それをこなしてから、私のもとに来てくださると……そういうことでございますか」

「そういうことじゃ」

瑠璃宮はうなずいた。そして黄丹の頭を撫でる。そうされて黄丹はまんざらでもないようだったけれど、その目にさみしさが浮かんでいるのは傍目《はため》にも明らかだった。

「いずれ私のもとに来てくださるのなら、いかようにも我慢いたしましょう。瑠璃宮さまを、見守っていることはお許しいただけますか」

「許す」

童ながら、威厳のある口調で瑠璃宮は言った。

「大きくおなりになれば、お迎えにまいってもよろしゅうございますか？」

「そのときのわたしに、愛おしい者がおらなんだらな」

「み、宮！」

そのようなことは想像したくもないのか、黄丹がぶるぶると首を左右に振った。瑠璃宮は笑って彼の頬に手を沿え、言った。

「おまえがよい子にしていないと、わたしはおまえのことを忘れてしまうぞ？　大人になっても、思い出しもせぬぞ？」

「それは、困ります……！」

「ならば、いい子にしておれ。なに、おまえは神だろう？　わたしが大きくなるまでの時間など、一瞬のことに過ぎないのではないか？」

「それはそうですが……」

「よいではないか。それまで待っていてくれ」

そう言って、瑠璃宮は黄丹に手を伸ばした。

「わたしを、お母上のところに連れていってくれ」

「……御意」

黄丹は頭を下げた。瑠璃宮は、ほっとした顔をしている。黄丹は瑠璃宮を抱きあげて、今ではもうそよそよと風が吹き、ときおりあちらこちらでごろごろ、と微かに雷が鳴るだけになった洞窟の表に、足を向けた。

瑠璃宮は、無事に藤壺に戻された。

御簾越しにとはいえ、帰ってきた息子を前に取り乱す藤壺女御の姿を見ていると、連れて帰ってこられてよかったと、孝保も安堵に胸を撫で下ろすのだ。

「大きくなったら、また迎えに来る」

黄丹はそう言った。彼はまだ瑠璃宮に未練を残していて、諦《あきら》める気はないらしい。孝保、朱紱、黄丹、そして茜丸は、藤壺から出て一様にため息をついた。

「私は、瑠璃宮を諦めぬ」

晴れ渡った空を仰いで、黄丹は言った。

「大きくなったら……どれほど待てばよいのだろうな。十年、二十年……」

「十年など、おまえにとっては一瞬ではないか」

冷やかすように、朱紱が言った。そんな彼をちらりと見やり、黄丹は視線を孝保に向ける。

「しかし、待っていなくてはいけない時間は長い……おい、孝保。それまで私を慰めておれ」

「はぁっ!?」

突然にそのようなことを言われ、孝保の声は裏返った。そんな孝保に、後ろから羽交い締めにするように抱きついて、朱紱が声をあげた。

「冗談ではない、孝保は私のものだ。おまえになど、渡すものか」

「ほぉ……？　では、争うか？」

黄丹が、手をかざす。するとあたりにざわりと大きな風が吹き、皆が慌てた声をあげている。朱紱は、にやりと笑った。

「孝保を争って、戦うか？　それも悪くない。私の、孝保への愛を証明することになろう」

「そんな証明は、していらぬ！」

孝保は喚《わめ》いたけれど、ふたりは聞いていないようだ。風が吹く。どこからか雷鳴が聞こえてくる。まわりの者たちは慌て、転がり落ちた冠を拾ったり、稲光を気味悪そうに見ていたりする。

「やめろ、やめろ、ふたりとも！」

孝保は声をあげた。手を振りあげ、ふたりの頭の後ろをがつ、がつ、と殴ってまわる。

「なにするんだ、孝保！」

「痛いだろうが！」

「あたりまえだ、痛くしているのだから」

ふん、と孝保は腕を組んで、ふたりを見下ろした。

「人に迷惑をかけるようなことは、するな」

「……わかった」

「仕方のない」

ふたりは大きなため息をついたけれど、ため息をつきたいのはこっちだ、と孝保は思った。

「しかし、瑠璃宮にお目通りはしたいからな」

黄丹は言った。

「私は、都を離れぬ。瑠璃宮が大きくなられるまで、ずっとそばにいて見守るぞ」

「瑠璃宮さまは、そのようなこと望んでいないだろうけれど……」

小さく孝保が呟くと、なにを、というように黄丹が孝保を睨みつけてくる。そんな彼の、一途《いちず》さは好ましい。孝保は微笑んで、言った。

「都を離れぬのはよいが、住むところはあるのか？　人間の姿を取っているには住居が必要だろう」

「いや……心当たりはない」

「瑠璃宮さまのお姿を拝するには、身分が必要だ。朱紱のように、陰陽寮に入るか？　おまえなら、人心を惑わして殿上人になることも可能だろう」

「人心を惑わして……って、人聞きが悪いな」

黄丹は拗《す》ねたように唇を尖らせる。そんな黄丹に、孝保は笑った。

「住むところがなければ、我が家に来るといい。局はたくさん空いている」

「孝保！」

声をあげたのは、朱紱だった。

「どうして、そのようなやつを構うのだ。気を遣ってやることなど、なかろう！」

「しかし黄丹は、あれほどに瑠璃宮さまを欲しがっているのだ」

わがままを言う童に言い聞かせるように、孝保は言った。

「少しでもそばにいたいだろう。その願いを叶えてやろうとするのは、悪いことか？」

「悪くはない……悪くはない、が」

唸るように、朱紱は言った。

「おまえの優しさは、私に向けられてしかるべきものだ。そのようなやつのために、安売りするようなものではない！」

「そのようには言うが」

孝保は、首を捻った。

「なぜおまえたちは、そうもいがみ合っているのだ？　風神と雷神だろう、同じ天候の神として、仲よくすることはできないのか」

「仲よくぅ？」

ふたりは揃《そろ》って声をあげた。そのようなところを見ていると、実際のところは仲がいいのではないかと思われるのだけれど。

「仲よくなど、できるか！」

「このようなやつと、仲よくなど！」

ふたりは先を争うように大声で言う。あまりに声が大きいので、耳がきんきんしてしまったほどだ。

「ああ、わかったわかった。おまえたちの仲が悪いのはな。しかしそれに私を巻き込むのはどうかと思うぞ？」

「巻き込んでなど、おらぬ」

拗ねた調子で、朱紱が言った。

「では、私の好きにさせてもらおう。黄丹、私の邸《やしき》に来るがいい」

「いいのか、それでは言葉に甘えさせてもらおう」

「孝保！」

朱紱は喚き、そんな彼を孝保はにやにやと笑って見た。いつも彼には翻弄《ほんろう》されているのだから、たまには翻弄するほうになってやってもいいのではないか。

そう思って朱絨を見やると、彼はこのうえもない、苦虫を嚙み潰したような顔をしている。孝保は思わず声をあげて笑ってしまい、朱絨にぎりりと睨まれた。

第五章　恋呪の術

ううん、と小さな声をあげて寝返りを打つ。

今日は、物忌みである。家から出てはいけない厳重な物忌みであるからこそ門には札を貼《は》り、雑色《ぞうしき》たちにも訪問者を断るようにと言いつけ、一方で出仕しなくてもいい気楽さで、昼にならんとする時間まで単衣でごろごろとしている自由を味わっているのだ。

「物忌みはよいことではないが……こうやって時間を使えるのは、いいことだな」

「孝保さまったら、お行儀が悪い」

茜丸が顔を歪めている。まぁまぁ、と彼を視線でいなし、孝保はまた声をあげて伸びをした。渡廊のほうから、足音が聞こえてくる。

「黄丹」

やってきたのは、黄丹だった。この家に住まっている以上、彼もまた物忌み（神にそのようなことが必要なのなら）なわけであり、暇をもてあましているのもまた理解できることではあったのだけれど。

「黄丹、どうした」

のんびりとした口調で、孝保は尋ねた。そのときはっと、黄丹の表情が尋常ではないことに気がついたのだ。

「いったい……どうし、た」

黄丹は、どすどすと渡廊を歩いてきた。その金色の瞳が、常ならぬ濃い色に見える。彼は端近に座っていた孝保の前に立ちふさがると、ぐいと手を伸ばしてきた。

「な、に……」

ぞくっ、と悪寒が走った。この感覚は知っている。朱紱も同じような気配を漂わせて孝保の前に立つ。そのときの彼の目的は――。

「や、めろ、黄丹！」

案の定、黄丹は孝保にのしかかってきた。そして唇を奪おうとするのを、孝保は身を捩《よじ》ってはねのけた。

「なにを考えている……！」

「雲母」

彼は呟いた。その名に孝保は、はっとする。

「雲母、なぜ私のそばにいない」

「わ、たしは、雲母ではないっ」

「なぜ、遠くへ行ってしまった……雲母、雲母」

今にも泣き出しそうに、そう唸りながら黄丹は唇を近づけてくる。孝保を雲母と間違えているのか、それともその情動に耐えきれず、孝保を頼っているのか。

「黄丹っ！」

しかし黄丹は、孝保を離そうとしない。このままでは、彼にくちづけられてしまう。

（朱紱以外となんて、ごめんだ！）

とっさに孝保はそう思い、印を結んだ。そして声高に、呪を唱える。

「臨、兵、闘、者、皆、陣、裂、在、前！」

そして素早く九字《くじ》を切る。目の前で九字を切られた黄丹は、驚いたように体を跳ねあげて、孝保から遠のいた。

「な、に……、っ……」

「九字を切られても消えることがないのは、さすがだな」

「私、は……いったい、なにを」

戸惑っている様子の黄丹を、愛おしく感じた。孝保は起きあがって、彼の手を握る。

「私を、雲母と間違えたのだろう。それほどに、雲母が愛おしいのだな」

「そうだ……あたりまえだ。雲母以外は、なにもいらない」

「それほどに、愛おしがられてみたいものだ」

ほぅ、と孝保はため息をついた。黄丹は、そんな孝保を見やる。

「おまえは、朱紱と恋仲なのではないのか」

「ぶっ……」

思わず噴き出してしまい、慌てて口もとを手の甲で拭う。

「違うのか？　そうであると、思ったのだけれど」

「なぜ知っているんだ、朱紱が言ったのか」

「朱紱とは、話などしない」

つん、と顎を反らせて黄丹は言う。そしてじっと、孝保を見つめてきた。

「おまえは、大概な趣味をしているな。あの朱紱だぞ……？　あの性格の悪い、ひねくれている、あざとくて品の悪い、朱紱だぞ……」

「残念ながら、それに反論する術《すべ》は持たぬな」

真面目な顔で、孝保は答えた。

「私としては、少しでも否定したいところなのだけれど」

「ということは、やはり恋仲なのか」

「これを、恋と言っていいのかはわからぬがな」

急に恥ずかしくなって、そっぽを向いて孝保は答えた。

「私は、おまえが雲母をそこまで慕う理由がわからぬ」

「なにを言うか。雲母は、このうえなく素晴らしい女だ」

話を逸らされたことにも気づかず、黄丹は誇るように胸を張った。

「うつくしく、愛らしく、なにごとにも前向きで、いつも私を励ましてくれた……女の中の、女だ」

「確かに、それほど秀逸な女人なのならば、おまえがそこまで惚《ほ》れ込んでも不思議はなかろうな」

「ああ、もちろんだ。早く、瑠璃宮が雲母であったことを思い出せば。そうすれば私たちは、再び幸せになれるはずなのだ」

果たしてそうだろうか、と口には出さずに孝保は考えた。瑠璃宮は雲母の生まれ変わりなのかもしれないけれど、瑠璃宮には瑠璃宮の人生がある。それを黄丹に奪われて、雲母として生きることは果たして幸せなのだろうか。神の妹背、と聞こえはいいけれど、それは瑠璃宮の幸福なのだろうか。

「どうした、孝保。おかしな顔をして」

「おかしな、顔など」

慌てて黄丹を見あげる。彼は不思議そうな顔をして孝保を見ていて、いったい自分はどのような顔をしていたのかと懸念してしまう。

(恋とは……)

黄丹は腰をあげ、「すまなかったな」と言って行ってしまった。その後ろ姿を見やりながら、あそこまでの気持ちは理解できないと思った。あそこまで、ひとりの人物に惚れ込むという気持ちだ。

(恋とは、そのようなものなのだろうか)

自分より、その者のほうが大切だという心持ちになってしまうということ。なにをおいてもその者を求め、愛し、自分のものとしたいという気持ち。

(恋とは、いったい)

孝保は、空を仰いだ。激しい風も雷もなく、ただ穏やかな、夏の一日だ。

□

茜丸に、落ち着きがない。いつもなら先頭を切って孝保の供をし、式神として役に立つ茜丸だけれど、なんだかぼおっとしている。視点がちゃんと合っていない。

「茜丸？」

呼びかけて目の前で手を振ると、彼は驚いたようにぴんと尾を立てた。

「た、孝保さま！」

「なにを言っているんだ、私はさっきから、ここにいただろう」

「はぁ」

今度は尾は、しゅんと垂れてしまう。

「いや、責めているわけではないのだ。しかし……いったい、どうしたのだ？」

「どど、どうもしません！」

飛びあがる勢いで、茜丸は言った。

「どこぞへご用でしょうか？　どこにでも、お供してまいりますが！」

「いや、用はないんだ」

階に座り、そんな茜丸を見下ろしながら、孝保は言った。

「ただ、おまえの様子がおかしいからな。心配になって、声をかけてみた」

「さようでございますか」

尾をぱたぱたさせながら、茜丸は言う。

「ご用の際は、どうぞご遠慮なく」

「私の用がなければ、おまえは忙しいのか？」

「え、え、え」

茜丸が戸惑っている。目がぐるぐるとまわって、やはりたいそう落ち着きがない。

「そんなわけありません、私はいつでも、孝保さまと一緒です！」

「それはもちろん、ありがたいことだが……」

しかし明らかに、茜丸はおかしい。もう退庁の時間だったので、支度を調えて陰陽寮を出る。そんな孝保の後ろを、いつもなら尾を振りながらついてくるのに、今日はあたりをきょろきょろと、なにかを気にしているようだ。

「誰かを、捜しているのか？」

「そそそ、そんなことはありません！　捜すだなんて、そんなこと」

「しかし、おまえのその目線……」

突然、茜丸は「きゃん！」と声をあげた。その視線の先には一頭の犬がいる。白と栗色の愛らしい犬で、大きな黒い瞳が、きょろきょろとあたりを見まわしている。

「たたた、孝保さま！」

「なんだ」

「あの、ちょっと行ってきてもよろしいでしょうか」

「行くって、どこへ」

「あの、申し訳ありません！」

叫んで、茜丸は白と栗色の犬のほうに駆けていってしまう。犬も茜丸に気がついたらしく、二頭で話をしているように見えた。

「まさか、茜丸……」

しかし茜丸は、ただの犬ではない。神獣であり、孝保の式神だ。ただの犬をばかにしているところがあり、それ以上に孝保以外と係《かか》わろうとはしなかったのに。

茜丸は、ふりふりと尾を振って楽しそうだ。栗色のほうもまんざらではないらしく、やはり尾を振って応《こた》えている。

「ははぁ」

いくら孝保が色恋に疎いといっても、感づくところがある。茜丸は、あの栗色に惚れているのだ。そして栗色もまんざらではない。

そのことを戻ってきた茜丸に告げると、彼はいきなり噴き出した。

「ななな、なにをおっしゃっているのですか！」

「違うのか？」

なんだ、勘違いだったか。いささかしょぼんとした孝保は、こほんと咳払いをした茜丸に目を向けた。

「……違いません」

「ほぅら、私の見立てどおりだった」

孝保が喜ぶと、茜丸は複雑そうな顔をした。そしてじっと、孝保を見つめる。

「あの、このこと、ほかには言わないでくださいね」

「ほかにはって、誰のことだ」

「朱紱とか」

頭に朱紱の顔が浮かんで、なぜか孝保の頬が熱くなった。そんな孝保を、茜丸は首を傾げて見ている。

「確かに、あいつには言いたくないな」

「でしょう？　なにを言われるか、わかったものではないですから」

茜丸は、尾をぱたぱたとさせている。

（恋、か）

黄丹の件もそうだし、まったく恋というものは、理解できない。いったいどのような感情を恋というのだろう。それを茜丸に問い質してみたい気がしたけれど、羞恥にそれはできかねた。

日を追うごとに茜丸はあの栗色と仲よくなったらしい。そしてある日、自宅の高欄《こうらん》にもたれかかって寛いでいる孝保に、所帯を持つと報告してきたのだ。

「所帯ぃ？」

「はい」

恥じらった様子で、それでも自信たっぷりに茜丸は言った。孝保は寛ぐどころではなくなって、思わず腰をあげてしまう。

「彼女の腹には、ややこがいるのです。私のややです。責任を持って、ふたりで育てようと思います」

「そ、そうか……」

孝保はたじろいだ。いきなり生々しい話を聞かされて、どう反応していいのかわからなかったのだ。蝙蝠扇《かわほりおうぎ》を、しきりにぱたぱたと扇ぐ。

「いつの間に、そんなに進んだ仲になったのだ？」

戸惑いながら、孝保は問うた。

「この前までは、仕事も手につかぬ、という感じだったのに。今ではすっかり落ち着いているではないか」

「彼女の心を、手に入れましたからね」

自信たっぷりに、茜丸は言った。

「手に入れた？　どういう意味だ、それは」

ふふ、と茜丸は意味ありげな笑いを洩らす。

「呪を使ったのですよ。心操る、呪」

「なに」

孝保は色めき立った。

「呪で、人の……あの栗色の心を操ったというのか！」

「おお、そのような大声を出すものではありません」

さもうるさそうに、茜丸は顔を歪めた。

「術でもなんでも、使えるものは使いますよ。あの子の心を手に入れるためですからね」

「それでいいのか……」

「もちろん。最初のきっかけは呪でも、時間をかけて愛を育めばいい。術が解けるころには、心は本物になっていますよ」

「そのようなものか」

はい、と茜丸は尾をぱたぱたと振った。いかにも自信ありげで、戸惑っている自分のほうがおかしいのではないかと思ってしまうくらいだ。

「孝保さまも、想うかたがいらっしゃるなら、呪を使うといいですよ」

そして、そのようなことを言うのだ。

「孝保さまの想いも、きっと叶います。応援していますから！」

「私の想い、ねぇ……」

そう呟いたとたん、朱紱の顔が頭に浮かんだのはなぜだろう。彼の顔に頬が熱くなり、かき消そうと片手を大きく振った。早く栗色のところに行きたいらしい茜丸が姿を消したところへ、微かな雷が空を貫いた。朱紱がやってきたのだ。

「しゅ、朱紱」

「どうした。おかしな顔をして」

「おかしな顔など、していないっ」

孝保は声をあげるものの、「そうかそうか」と朱紱はまるで相手にしていない。

「本当に、どうしたのだ？　なんだか、なくしものでもしたかのような顔をしているぞ」

「なくしものか……そうかもしれぬな」

孝保は朱紱に、茜丸の経緯《いきさつ》を話して聞かせた。神獣である茜丸が、常の犬に恋をしたこと。呪を使ってその心を虜《とりこ》にしたこと。孕《はら》ませて、所帯を持つのだということ。

「ほぉ……なかなか、隅に置けぬな」

「呪を使うというのは、どうなのだ」

今日の孝保は、家で寛いでいる恰好とはいえきちんと袿《うちき》もまとっている。ゆえにいつものように警戒することなく、朱紱を招き入れた。

「そのように人の心を操って、満足できるものなのか？　それはしょせん、呪に囚われたまやかしなのではないか？」

「呪は、永遠に効くものではない……それは、おまえもよく知っているだろう」

ああ、と孝保はうなずいた。

「最初のきっかけは呪でも、いつの間にか相手を愛するようになればいい。気がつけば呪が解けていて、それでも相手を愛していると言えるようならいい」

「そのような、ものか」

朱紱は、にやにやと笑っている。その笑いが奇妙に気になって、孝保は首を傾げた。

「私も、おまえに呪をかけたぞ。気づいていないのか？」

「え、え、ええっ!?」

思わず自分の胸もとをはたいてしまう。そのようなことで、かけられた呪が消えるわけはないのだけれど。

「東市で、私と戦っただろう。あのとき呪をかけたと、言わなかったか？」

「そ、う……いえば、聞いた」

にやり、と笑って朱紱は言う。

「あのとき私は、おまえに恋の呪をかけた」

「恋の!? な、なにをしているんだ、おまえは！」

孝保は声をあげる。

「あの戦いの最中に、そんなことを考えていたのか！　呪で、私の心を操ろうとしたのか！　しかも、恋などと！」

「まぁ、そう怒るな」

なおも笑いながら、朱紱は続けた。

「あの呪など、とうに解けている。おまえの心は、そう簡単に操ることはできなかった」

「……あたりまえだ」

ほっとしたような、それでいて少し複雑な気持ちで、孝保は言った。

「しかし術などとは関係なく、おまえは私に惚れている」

「……誰が」

つん、と顎を反らせて孝保はそっぽを向いた。

「おまえがそのような態度を取るのも、私への愛ゆえだということはわかっている」

「自惚《うぬぼ》れるな、ばかが！」

「自惚れているわけではない。本当のことを言っているまでだ」

なおも涼しい口調で朱紱は言う。そのしたり顔を、殴りつけてやりたいくらいだ。実際に握り拳を作ったけれど、朱紱はそれを手で包み、握りしめてきて笑ったのだ。

「愛しているぞ、孝保」

「……心にもないことを」

「とんでもない、私がこうして、人間に身をやつして陰陽師などやっているのはなぜだと思う。すべてはおまえのためだ。すべてはおまえのそばにいるためだ」

なにを、と孝保は声をあげようとした。しかしその唇は塞《ふさ》がれて、呼吸を奪われてしまう。

「ん、ん……、っ」

いきなりの行動に、彼のなすがままになってしまった。朱紱は唇を吸いあげ、舌をすべり込ませてきて、口腔をかきまわす。

「んぁ、あ……あ、ああっ」

「相変わらず、いい反応を見せるな」

くすくすと、朱紱は笑う。孝保の体を抱きしめて、縁にその身を押し倒してしまう。

「こ、んな……ところ、で……！」

「どこだろうと構うまい。ほら、結界の呪を唱えておいてやる」

彼は、小さな声で口早に呪を唱えた。それに少し安堵したものの、しかしこれから我が身に起こることを思うと、安心ばかりはしていられない。

「安心して、我がものとなれ……私に、恋の呪をかけてもよいのだぞ？」

「だ、れが……そのような、こと」

孝保は抵抗したけれど、そのようなことが無駄だということはわかっている。無駄だとわかってはいても、朱紱を前に逆らわないわけにはいかなかった。

「誰が、おまえに恋の呪などを」

「おまえが、私に惚れているのはわかっている」

なにもかもを知り尽くしたような口調で、朱紱は言う。その間にも彼の唇は孝保のそれを啄《ついば》み、舌で舐めあげ、ぺちゃぺちゃと艶《つや》めいた音を立てて愛撫する。

「そうでなければ、このようにおとなしくはせぬだろうからな。本当にいやなら、おまえの技をすべて使ってでも、私を拒んでいるはず……」

「や、めろ」

掠れた声で、孝保は空《むな》しい抵抗を口にした。そう、朱紱の言うとおりだ。本気になれば彼を払いのける方法はいくらでもある。それでも彼を受け入れてしまうのは、孝保が朱紱に悪《あ》しき思いを抱いていないからにほかならない——。

「あ、ん、ッ」

「かわいい声だ」

嬉しそうにそう呟いて、朱紱は唇を舐めてくる。その舌が口腔にすべり込んで、舌を絡められてはっとした。

「んや、や……ぁ……っ」

「相変わらず、おまえの蜜は甘い」

くちゅくちゅと、唾液《だえき》を吸いあげながら朱紱は呟いた。

「神としての私の力が、増すようだな……」

「その、ような……こと」

「いいや、おまえの蜜は、私に力をくれる」

わざとらしいまでの音をさせて啜《すす》った唾液を嚥下《えんか》して、彼はにやりと笑う。

「この先、私が雷神として生きていく力……おまえを守る力」

「わ、たしは、己で自分の身くらい、守れるっ」

「それは、そうだろうけれどな」

少しさみしそうに、朱紱は言った。

「しかし、私に守らせてくれ。おまえを守りたいのだ」

「な、にを……」

ああ、とひときわ大きな声があがった。朱紱の手が胸をすべり、単衣の衿《えり》もとをはだけて中に入ってきたのだ。直接肌に触れられる。そして乳首を抓まれて、きゅっと捻られて腰が跳ねる。

「あ、あ、ああっ」

「ここも、変わらずいい反応を見せる」

舌なめずりをして、朱紱は言った。その表情がたまらなく艶めかしくて、胸を摑まれて。

孝保は瞠目《どうもく》して朱紱の顔を見た。

「どうした、そのような表情をして」

ふふ、と朱紱は愉《たの》しげに笑う。

「私の美貌《びぼう》に見とれたか？」

「……ああ」

孝保は、ためらいなくそう言った。

「うつくしいな、おまえは」

「な、に……言って」

自分から冷やかしておきながら、頬に微かな朱を走らせる朱紱にくすくすと笑った。手を伸ばして彼の頬に触れ、自ら彼にくちづける。

「ん、っ」

「生意気なことを」

どこか怒ったように、朱紱が呻いた。

「おまえは、私に翻弄されておればよいものを……生意気な真似は、許さぬ」

「で、も」

彼の唇を、ちゅくちゅくと吸いながら孝保は言った。

「私も、おまえを愛したい。それでは、だめか？」

「……だめでは、ないが」

孝保は、朱紱の頬に添えた手をすべらせた。耳に、うなじに、肩に触れる。そして彼の体をぎゅっと抱きしめて、どこか甘い香りのする体臭を嗅いだ。

「おまえは……温かいな」

腕の中の朱紱の体温を感じながら、孝保は呻く。

「人ならぬものだとは思えぬ。温かくて……逞《たくま》しい」

「逞しいのは、関係がなかろう」

朱紱は笑った。彼の笑い声は、耳に心地よく響く。抱きしめながら孝保も笑い、そして再びくちづける。

「ん、ん、んっ」

孝保から舌を這わせた接吻は、思いのほか深いものになった。舌を絡めあわせられ、唾液を啜られ、上顎を擦られる。するとその衝撃が体中に伝って、ぞくぞくと神経がわなないた。下肢が、ひくりと反応する。

「もう、感じているのか」

「や、ぁ……、っ……」

「よいよい、おまえを、たっぷり味わわせてもらうからな」

彼の手は胸からすべりおり、単衣をはだけて下肢へと至る。すでに勃ちあがっている孝保自身を手にして、そっと上下に擦りあげた。

「ひぁ、あ、あ、ああ！」

「いい反応だ」

ぺろり、と舌なめずりをして朱紱は言う。

「もっと、おまえの艶めかしいところを見せろ……？　私に、すべてを見せるのだ」

「いぁ、あ、あ……、あ、あ……」

男の敏感な部分を直接擦られては、ひとたまりもない。孝保は大きく身を反らせた。それに反応するように、朱紱は擦りあげてくる手の動きを激しくする。

「達くか……？」

耳もとでそっと、彼がささやく。

「おまえの蜜を、呑ませろ。私に……ほら、達ってしまえ」

「っあ、あ、……ああ、あ、……、っ……！」

ひく、ひく、と体が震える。情動は拒むこともできず、孝保は大きく腰をわななかせた。

熱い衝動が、全身を走る。孝保はひくりと咽喉を鳴らし、自身から蜜を迸らせた。

「は、ぁ……、っ……」

朱紱はそれから手を離し、自分の手のひらを舐める。これ見よがしに孝保に見せつけ、赤い舌で白濁を舐め取る。

「甘いな、やはり」

満たされたように、朱紱は呟いた。

「美味い。おまえの蜜は、なににも勝る甘露だ」

「ば、かなことを……」

いくら体を重ねても、朱紘のその称賛だけは受け入れることができない。そのようなものが、甘いわけはないのに。同時にたまらない羞恥に襲われて、孝保はそっぽを向いてしまう。

「つれないな」

「愛想など、あってたまるか」

「ほら、そこが……いや、かわいくてたまらぬ」

とんでもないことを朱紘は言って、そして孝保の頬をぺろりと舐める。微かにざらついた舌の感触にびくりとした。再び自身が兆すように感じて、それを隠したくて孝保は大きく身を捩った。

「また……感じているのだろう？」

彼の舌は、耳にすべる。端を軽く噛まれ、耳の内側の迷路に沿って舌を動かされる。その感覚はむずむずと、あっという間に孝保の再びの欲情を誘ってしまう。

「言え。私に抱かれて、悦んでいるとな」

「よろこ、んで……な、ど……」

耳は意外な性感帯で、体中がぞくぞくとする。自身は先ほどよりも硬く反り、朱紘の愛撫を待っている。

「素直でないやつめ」

侮るように朱紱は言ったけれど、その口調に冷やかすような甘いものがあることに、孝保は気がついていた。

「素直でないやつには、罰を与えてやろう」

「ひ、っ……？」

孝保は、思わず大きく震える。なにをされるのかと怯《おび》え、朱紱が体を起こしたことにびくりとした。

「おまえが感じて、どうしようもなくなるくらいに……どうしようもなく、私にねだってたまらなくなるくらいに」

「な、にを……、ったい……？」

朱紱は、孝保の内腿《うちもも》に手をかけた。大きく足を拡げさせられる。あまりにもはしたない恰好に羞恥が走った。そのような孝保の反応を愉しむように目をすがめながら、朱紱は身を伏せて孝保の自身を口に含んだのだ。

「や、ぁ……あああ、あ、あ……！」

「ふふ……なおも、甘いものが垂れ流れているな」

舌を使いながら、朱紱は言った。

「ほら、この美味だ。私の舌が溶けてしまいそうだな」

先端をくわえられて、思いきり吸われる。どく、どく、と蜜液が垂れ流れるのを感じる。

それを啜られ、もっととねだるように蜜口に舌先を突き込まれ、ぐりぐりと探るようにされた。それに感じて腰を跳ねさせるも、朱紱の力強い手が下肢を押さえて、離してくれない。

「もっと味わわせろ……ほら、もっとだ」

「いぁ、あ……、あ、あ、あ……っ」

彼はさらに深くをくわえ、ちゅくちゅくと音を立てて啜る。大きく舌を出して全体を舐め、傘の部分をくわえて軽く咬んだ。そうされるごとに孝保自身はますます力を得て、たまらない衝動に神経が焼き切れてしまいそうだ。

「だ、め……、だめだ……、そ、れ以上……」

「なにが、だめだ」

嘲笑《あざわら》うように、朱紱が言った。

「いい、の間違いだろうが。いいと言ってみろ……？　もっと、かわいがってやる」

もっと、という言葉にひくりと孝保は反応した。しかしそのようなことを口には出せなできない。

い――羞恥にからめとられた孝保は、ただ頬を熱くして、はぁはぁと荒い息をこぼすしか

「かわいがっていらぬのか？　ならば、ずっとこのままだぞ？」

「いや、いや……、っ、……、っ」

「厭ならば、いいと言え。私に愛撫されて、気持ちいいとな」

「ちが……、あ、あ、あ……、ああっ！」

また朱紱は、全体を舐めあげる。食いつくように幹を横からくわえ、少しずつ歯形をつけていく。どく、どくと蜜が溢れる。それはすでに白濁を帯びているだろう。たまらない刺激に、孝保は大きく腰を揺らした。

「……、い……っ……」

「ん？」

聞こえなかった、と朱紱は唇の端を持ちあげた。

「なんだと？　もっと、ここを愛撫してほしいか？」

「ちが……、ちが、う……」

「では、なんだ」

おかしい、と思った。自分はこれほどに、易々と陥落する程度の精神しか持たなかった

だろうか。この身をもてあそぶ朱紱を嘲笑い、屈服させるだけの強い心を持ってはいなかっただろうか。

「い、い……」

せっつかれるように、孝保は声をあげた。

「ああ、あ……いい、……それ、いい……」

「これが、いいのか？」

そう言って朱紱は、孝保自身を食《は》む。歯形がつけられていることがわかる。そのことに奇妙に感じてしまい、孝保は陥落した。

「いい、から……もっと」

「おまえは、咬まれて感じるのだな」

朱紱の嘲笑《ちょうしょう》が聞こえた。それにたまらなく恥ずかしくなったけれど、それでもいい、構わない。今はこのうえない快楽を味わっていたい。

「よかろう、もっと咬んでやる……ここにも、ここにも、歯形をつけて」

「ひぁ、あ、あ……あ、あ、……、っ……！」

「ほかにも、咬んでほしいところはあるか？　どこなりと……おまえの望みを叶えてやろう」

「やだ、そこ……ばっか、り」

「では、どこがいいのだ？」

朱絃は知っているだろうに、なぜそうもはぐらかすのか——孝保は微かに腰をあげた。

自身もそうだけれど、疼いているのは秘所だった。そのようなところで感じることを教えたのは、朱絃なのに。まるでそのようなこと、知りもしないというように自身への愛撫ばかりを続けるのだ。

「こ、こ……！」

「こちらか？」

「はぁ、あ……あ、あ……ああ、あ！」

蕾《つぼみ》を指先で擦られて、孝保の下肢は大きく跳ねた。それに朱絃は、満足そうな吐息をつく。

「こちらが感じるか。すっかり、私好みの体になったな」

「い、いい……から」

はぁ、と大きな息をつきながら、孝保は掠れた声を洩らす。

「こ、ち……らを。おまえ、……で」

「ふふ、よく言えた」

羞恥を振り払っての言葉は、朱紱を満足させたようだった。彼は微笑み、陰茎を離し、そして指を一本、秘所に触れさせる。

「ああ、あ……あ、あ、あ！」

「すでに、濡《ぬ》れているな」

男の体では、本来あり得ないことを朱紱は言った。それにたまらない恥ずかしさを感じたけれど、そこを欲しがっている自分の反応は隠せない。

「くちゅくちゅと、音がしている……ほら、私の指を易々と呑み込んでいく」

「言う、な……！」

孝保は、手の甲で顔を隠した。しかし朱紱はそれを許さず、もうひとつの手でその手首を握ってしまうのだ。

「顔を見せろ。おまえの、かわいらしい顔をな」

「いや……いや、だ……！」

「抵抗しても、無駄なこと……知っているくせに」

くすくすと笑いながら、朱紱は指を埋めてくる。人差し指の中ほどまでが埋まった場所を引っかかれて、孝保の腰が大きく跳ねた。

「やっ、そこ、は……っ……！」

「ここが、感じるのだろうが」

朱紱は容赦なく、その部分を擦った。全身が痺れる、唇も痺れて思うように声が出せない。孝保のさまはさぞや情けないものだっただろうが、朱紱はそれさえも愛おしいと言って、なおも感じる部分を愛撫するのだ。

「もっと声をあげろ……なに、結界があるからな。声は洩れぬ」

「そ、ういう……問題、では……！」

ない、と言葉は続かなかった。朱紱の望むとおりの甲高い声があがって、同時に自分の腹に向かって欲望を解き放ってしまった。

「あ、あ……、ああ、あ、……、っ……！」

「たくさん、出たな」

朱紱は笑う。笑われることにどうしようもない羞恥を感じさせられながら、しかし孝保にはどうすることもできない。ただ与えられる快楽を享受して、声をあげることしかできないのだ。

「おまえは、こちらのほうが感じるのか？　よいよい、おまえを絞り尽くすまで感じさせてやろう……おまえが泣いて、許しを請うまでな」

「こ、れ……以上」

なおも感じる柔らかい部分をいじられながら、孝保は精いっぱいの声をあげる。

「私を辱めて、どうするつもりだ。もう、私は……」

「辱めているのではない、感じさせているのだ」

いけしゃあしゃあと朱紱は言う。

「心地いいだろう？　もっと欲しいだろう……？　快楽を受けておいて、なにを言うか。おまえはただ、感じていればいい……」

「ひぁ、あ、あ……、あ、あ、あ……っ！」

うごめく指が、増えた。それにたまらず嬌声《きょうせい》をあげ、身を捻った。そんな孝保の体を押さえ込みながら朱紱は指を引き抜き、突き入れ、さらに深いところを暴いて孝保を翻弄する。

「中も、柔らかいな……？　触れていて、心地がいい」

「ひ、ぁ、あ……あ、あ、……っ」

「おまけに、きゅうきゅうと締めつけてきて……この力で締めつけられれば、ひとたまりもなかろう」

「そ、のような……こと、を……！」

突き込まれる指が、三本に増えた。思わぬ圧迫感に息も絶え絶えになり、それでも感じる神経は鋭く尖ったままだ。

「はぁ、ああ……あ、もう、もう……」

「もう、なんだ？」

涼しい声で、朱紱が尋ねる。

「なにをして欲しいのか、言ってみろ？　先ほども言えたのだ、また言えるだろう？」

「そんな……、おまえは、そのようなことばかり」

悪態をついてみても、彼は満足そうに微笑むばかりだ。朱紱は孝保の上にのしかかり、頰にくちづけをしてくる。拍子に呑み込んだ指が深くを抉って、大きく孝保は仰《の》け反《ぞ》った。

「言ってくれ……孝保」

ふいに彼は、切羽詰まった調子で言う。

「どうしてほしいのか、言え。さもないと……おまえを、めちゃくちゃにしてしまうぞ」

「な、にを……」

朱紱の、青みがかった瞳を見つめる。そこに映る自分は見たくないほどに情けない顔をしていて、それでいながら彼の目に見入ると欲情がますますかき乱される。その情動に押されるがままに、孝保は口を開いた。

「挿、れて」

微かな声で、孝保は呟いた。

「……おまえ、を。私の、中、に」

「やればできるではないか」

ふふ、と朱紱は笑った。同時に彼は指を引き抜いて、自分の直衣を捲《めく》ると、孝保の開いた秘所に自身を押し当てた。

「あ、あ……ああ、あ、……、っ……」

指とは比べものにならない質量が、挿ってくる。ぐちゅ、ぐちゅ、と音を立てて挿り込むそれは熱く、太く、孝保の感覚を煽《あお》って、どうしようもない快楽に誘い込んだ。

「ふぁ、あ、あ……あ、あ、あ……、っ……」

悲鳴があがる。快感はそれほどに強烈で、孝保はなおも声をあげた。ずく、ずく、と欲芯が隘路《あいろ》を切り裂く。その感覚がたまらなくて、そのようなものに慣れさせられてしまったことが悔しくて、孝保の瞳からは大粒の涙がこぼれ落ちた。

「ああ、泣くな」

宥めるように、朱紱が言った。

「泣くと、せっかくの美貌が台なしだぞ？」

「な、にを……言って、いる……」

掠れた声で、孝保は抵抗した。

「おま、えが……わたし、を、翻弄して、いるのではないか」

「ああ、そうだな」

満足げな声で、朱紱は言う。

「私が……私だけが、おまえをこのような姿にさせる」

そして彼は、ちろりと舌を出して唇を舐めた。その姿があまりにも淫猥《いんわい》で、孝保はつい
じっと見とれてしまった。

「私の手の中でのみ、咲く花」

うたうように、朱紱は言う。

「鮮やかに咲く花……これほどうつくしい花を、私は見たことがない」

「だ、れが……花……」

男の身で、花にたとえられて嬉しいはずがない。それなのに朱紱は微笑んで、本当に花
を愛《め》でているような表情を見せるのだ。

「おまえは、私の花だ」

孝保の、微かに開いた唇にくちづけながら、朱紱は言う。

「私が、この地界で見つけた唯一の花。永遠に、これを愛でようぞ……」

「は、ぁ……ああ、あ、あ……、っ……あ！」

ずん、と深いところを突かれた。折り重なった襞を突かれ、擦られ、絶え間なく声が溢れる。孝保は朱紱の肩を摑み、力を込めた。

「痛いではないか」

笑いながら、朱紱が言う。痛みなど感じていないくせに——孝保は意趣返しのつもりで爪を立てて引っ搔き、すると朱紱は本当に痛そうな顔をした。

「こ、のくらい……平気、だろう」

唇を嚙みしめて、孝保は言う。

「なにせ……おまえは、神なのだからな」

「ああ、いかにも」

にやり、と笑って彼は言う。

「そうだ、怒れば恐ろしい、雷神だぞ？　その雷神に抱かれる名誉……光栄に思うがいい」

「なにを、言って」

精いっぱい、孝保は笑う。

「雷の神など、恐ろしくはないわ。私は……たくさんの、恐ろしいものを見てきている」

「しかし、それらを恐ろしいなどとは思っていない……そうだろう?」

くすくすと、朱紱は笑う。そして下肢を突きあげた。

「は、うっ!」

「もっと、色気のある声を出せ」

引き抜き、また突き立てながら朱紱は言った。

「もっと、もっと……私に、おまえの艶めいた声を聞かせよ」

「あ、あ、あ……、あっ、あ、あ……あ、あ、あ……」

敏感な内壁を擦られて、突きあげられて背が大きく反る。その下に朱紱は手をすべり込ませ、抱きあげると下部から突き立ててきた。

「は、ぁ、あ……あ、ああっ」

繋がる角度が変わって、孝保の声は捻《ねじ》れた。奇妙な嬌声を吐くことに恥じらいを感じたものの、しかしそれに気を取られている余裕はない。

「ああ、あ……あ、ん、ん、っ」

「いい声が出てきたな」

にやり、と朱紱が笑う。

「もっとだ、もっと声をあげろ。私を心地よくさせろ……」

今までと角度の違う挿入は、孝保に新たな快感を味わわせた。歯の根が合わなくなるような快楽に身を揺さぶられながら、孝保は自身がまた弾けそうになるのを感じ取る。

「だめだ……、朱紘。だ、め……」

「達きそうか？」

彼がそれを的確に感じ取ることができるのは、なぜだろう――孝保は不思議に思ったけれど、それ以上の思考は働かなかった。

「そう……、達く、達く……！」

「達け」

朱紘は、孝保自身に指を絡めた。後孔への抽挿とは違う律動で指を動かし、それが孝保をたまらなくさせる。

「このまま、達け……私も、おまえの中で」

「あ、は……っ、……、っ……、っ」

何度か擦られて、孝保は呆気なく達した。どく、どく、と欲液が放たれる。同時に体の奥にも熱い粘液が注ぎ込まれ、その熱に孝保は大きく震えた。

「ふぁ、あ、あ……、っ、……」

「ん、んっ」

ふたりの体が液体になって、溶け崩れてひとつになる——そのような妄想に取り憑かれた。孝保は朱紱の腕に自らを投げ出し、彼はしっかりと、孝保を抱きとめてくれた。

「は、あ、あ、あ……」

「ふふ……かわいいところを見せてくれた」

朱紱は、孝保の耳もとで微かに笑う。

「おまえは、何度抱いても飽き足りぬな。もっと、もっとと……欲しくなってしまう」

「こ、れいじょう……か」

掠れた声でそう問うと、朱紱はまた笑った。

「おまえが望むのならな」

「私は、そのようなこと……」

「おまえの望みどおりにしてやろう。もっととねだるのなら、抱いてやる」

「もう、……だめ、だ」

「情けないな」

口ではそう侮りながら、しかし朱紱はそれ以上無理を言わなかった。抱きとめた孝保の体を、横たえる。その唇に音を立ててくちづけをし、ぼやけてしまうくらい間近に顔を寄せて微笑んだ。

「愛おしい、我が妹背」

そして、そのようなことを呟くのだ。

「私とともにいろ……永遠にだ。私はおまえを、離しはせぬ」

孝保は、激しい行為の余韻にどこかおかしくなっていたに違いない。つられるように口を開き、掠れた声で呟いた。

「わ、たしも……」

朱紱が、驚いた顔をする。

「私も……おまえを、離さぬ」

そう言って、自ら彼にくちづけたのだ。

終章　ここにいる理由《わけ》

女房が、曇った顔をして声をかけてきた。

「孝保さま、黄丹さまがいらっしゃいません」

「どういうことだ？」

出仕の準備をしていた孝保は、女房に帯を結ばせながら振り向いて、言った。

「朝餉《あさげ》の準備ができたと、申しあげにまいったのですけれど。いつもの局にいらっしゃいません」

「ふぅん……」

そういうこともあるだろう。そう思ったものの、しかし黄丹は次の日も、次の日も姿を見せなかった。

「私たちには、天人界のほうが心地いい」

そう言ったのは、朱絨だった。

「なにせ、神だからな。ゆえに黄丹も、天人界に戻ったのであろう」

「では、もう帰ってはこないのか？　あれほど瑠璃宮さまに執着していたくせに」

「いや」

円座の上、座り直しながら朱紱は言った。

「瑠璃宮が大人になれば、戻ってくるだろう。今は時期を見ているのに違いない」

そして彼は、にやりと笑った。

「そのときは、また忙しいぞ」

「もう、戻ってこなくてもいい……」

ここは孝保の局で、ふたりは釣殿の魚《うお》を見ている。ぽちゃんと跳ねた一匹に朱紱は「おっ」と視線を取られ、そんな彼に孝保は問うた。

「おまえのかけた、恋の呪、とやらだが」

恋、などと口にするのは恥ずかしい。小さな声でそう言うと、朱紱は振り向いた。

「なんだ？」

「なぜあのとき、私にその呪をかけた。なんの目的があったのだ」

「なに、聞きしに勝る、名高い陰陽師だ」

笑みを浮かべて、彼は言う。

「そんな陰陽師が、どれほどに己の心を制御できるのか……私に恋せずにいられるのか。

それを見てみたかったのだ」

　はっ、と孝保は息をついた。朱紱は、にやにやと笑って彼を見ている。どうしてもその奥には含みがあるように感じられて、孝保は眉をひそめてしまう。

「なんだ……」

「どうした、不満そうだな」

　孝保の顔を覗き込んで、朱紱は言う。

「おまえにひと目惚れしたとか、そういうことを言ってほしかったか？」

「な、にを……違う！」

　そう言って否定したのに、朱紱はますます楽しげに笑うばかりだ。

「そうかそうか、しかしいま私は、おまえにこれほど惚れている。ひと目惚れだろうが、そうでなかろうが、関係ないとは思わぬか？」

「だから、そういう話はいい！」

「それとも、私にひと目惚れしたのはおまえのほうだったか？」

「違う！」

　孝保の声が響く。釣殿では、また魚がぽちゃんと跳ねた。


（終）

雷神の執着

雷神は、天人界に住まう、神のうちのひと柱である。

神と交流を持てる人間は、存在する。陰陽師《おんみょうじ》と呼ばれる人間たちだ。彼らは陰陽道を会得し、人間と神とをわける境目を乗り越える術《すべ》を知っている。また鬼や物の怪《け》、低俗な生きものとの交流を持つこともでき、その不思議な存在に朱紱《しゅふつ》は、ずいぶん以前から酷《ひど》く魅了されてきた。

自ら陰陽道を学んだこともある。だから人間のふりをして陰陽師を名乗ることも難しくはなく、そうやって朱紱は、ときおり地人界に降り、人間たちと交わってきた。

彼に会ったのは、そんな戯れの中である。

それは、五歳やそこいらの人間の童であった。しかしただの人間、しかも童とも思えない鋭い瞳《ひとみ》は、微《かす》かに青みがかっていて、彼が常人ではないことを告げていた。

(この者は)

朱紱は、ひと目で彼に魅了された。叡山《えいざん》で修行を積んだ陰陽師だと名乗り、東市《ひがしのいち》で商売をしていたときのことである。彼は父親らしき男に手を引かれており、もの珍しそうにまわりをきょろきょろとしていた。

（貴族の童が、市になど。珍しいな）

その青みがかった瞳は、猿芸に、行き交う犬に、店先に並ぶ菓子の数々に向けられていた。そういうところは確かに童だといえるのだけれど、その瞳の鋭さに、朱紱は惹《ひ》かれた。そして朱紱の庵《いおり》の前を通り過ぎようとした父親と童を呼び止め、声をかけたのである。

「これ、そこなる童」

朱紱が言うと、童は立ち止まった。父親は訝《いぶか》しさを隠しもせずに朱紱を見て、手招きをされても近づこうとはしなかった。

「近う。そなたに申したい議があるゆえに」

「なんだ」

童は、気強い調子でそう言った。やはり幼い者だとは思えない。人間ながらに、朱紱はますます彼に惹かれた。

「そなた……おまえだ、童。おまえには、異界を見る力があるな」

「……！」

それに驚いた様子を見せたのは、父親だった。彼は、はっと目を見開いた。さも驚くことがあったと言わんばかりだ。

「なぜ、それがわかる」

童は口調も強かった。まるで大人のようにそう言って、きっと朱紱を睨《にら》んできた。

「わかるとも。おまえの目を見ればな」

「……」

その目が普通の人間のようではないことを、幼くして彼は知っているのだろう。その頬《ほお》に、かっと朱が走った。頬を染めると、童は年相応に見えた。

「物の怪や、鬼の姿が見えるであろう？　しかし見えても、どうすることもできずに悩んでいる。違うか？」

朱紱の問いに、童はうなずいた。もっと近う、と朱紱は童を手招きし、童は父親の手を離れて朱紱に近づいた。父親が、慌てて追ってくる。

「おまえは、私の悩みを取り除くことができるのか？」

視線同様、生意気な口調で童は言った。

「確かに私には、物の怪や鬼が見える」

眉根《まゆね》を寄せて、童は言った。

「しかしそれらが悪さをしているのを目にしても、どうしようもない。私自身には取り憑《つ》いてこぬが、まわりの者たちにいたずらをするのだ」

「陰陽師になれ」

朱紱が言うと、親子は目を見開いた。

「なんなら、私が弟子にしてやってもいい。おまえには、充分な素質がある」

「しかし我が家は、代々大学寮の博士の血筋」

一方で父親が、困ったようにそう言った。

「息子を陰陽師にするわけにはまいりません。息子には、跡を継いでもらわないと」

「しかしそれでは、その童の悩みを取り除くことはできぬ」

朱紱は父親に向かって言った。

「今はまだいいが、見えるという鬼や物の怪が、その者に取り憑くようになれば？　見えるだけに、辛《つら》いぞ。物の怪たちも、それほどの力を秘めている童にならば、成仏させてもらえると思って近づいてくるであろう。この先、その数は増える」

父親は、ますます困った顔をしている。童のほうは、その青みがかった瞳をなおも大きく見開きながら、朱紱を見ている。

「しかし陰陽師になれば、その対処法もわかる。この世ならぬものとどう対峙《たいじ》していいものか、その術を学ぶことができるのだ」

どうだ、と朱紱は言った。童はその話に非常な興味を持っているようだ。しかし父親がいい顔をしない。彼はなおも困った顔をして、首を振っている。

「どうだ、陰陽師にならぬか」

「それは、受けかねます」

父親は言った。

「先ほども申しましたとおり、この子は私の跡継ぎ。たったひとりの息子です。陰陽師になどにするわけにはまいりませぬ」

朱紱と父親は、少しの間言い争った。その間にも童は、大きく目を見開いて朱紱を見ている。彼は興味津々なのだ。自分の運命がかかっているのだから、当然ともいえるが。

「まいりませぬ」

そのように気強い童の父らしく、彼もまた頑固だった。朱紱は、その童さえよければ、ここで預かってもよかったのだけれど。しかし父親には、毛頭そのような気はないらしい。

「ご勘弁ください」

父親は、言った。

「おっしゃっていることは正しいとは思いますが、我が家には我が家の流儀というものがございます。この子は、大学寮の博士になるべく生まれてきた子。陰陽師などと、とんでもありませぬ」

そうか、と諦《あきら》めたのは朱紱だった。しょせん、名も知らぬ童のことなのだ。これほど執着する必要もなかったのだけれど、その童の青い瞳が朱紱を惹きつけて離さない。

「気が変われば、いつでもまいれ。私は、ここで陰陽師をやっている」

童は、好奇心たっぷりの瞳で朱紱を見ている。彼に向かって、朱紱は言った。

「陰陽師になれ、童よ」

そう言うと、童はますます瞳を輝かせた。

「さすれば、おまえは救われよう……おまえの悩みを取り除くことができるのだ」

朱紱は続けた。

「おまえに、親に逆らってまでの気概があるかどうか、見せてもらおう」

とんでもない、と父親が言ったけれど、朱紱は相手にしなかった。

「それもまた、陰陽道の修行と言えよう……自らの初志を貫徹することができてはじめて、人の知る陰陽師となれよう」

父親は、童を促した。このようなとんでもないことを言う人物の前からは、立ち去ろうということだろう。しかし童は動かなかった。その青の瞳で、なおも朱紱を見ている。

「おまえが、得難い陰陽師として名を馳《は》せるようになれば、また迎えに来よう。そのころにはおまえも、自らの身に起こる災いくらいは取り除くことができ……運がよければ、帝《みかど》に寵愛《ちょうあい》される陰陽師になっているやもしれぬな」

「帝！」

驚いた声をあげたのは、父親だった。なるほど彼にとって、帝に寵愛されるというのは雲を摑《つか》むよりもまだとんでもない話なのだ。

「おまえを弟子とできないのは残念だが……そんなおまえの成長を見守るも、また一興」

朱紱は手を伸ばした。幼子の柔らかな頰に触れると、彼はくすぐったそうな顔をした。

「困ったことがあれば、呼べ。私は、いつでもおまえのそばにいよう」

「……名は？」

童は、やはり童らしくない調子でそう尋ねた。

「人に名を訊《き》くときは、自らが先に名乗るものだ」

「そうか、それはすまなかった。私は、恵良孝保《けいらたかやす》だ」

「朱紱という」

人間になど教えたことのない真名を、朱紱は名乗った。

「この名をおまえが覚えておけば……なんぞ、いいことがあるやもしれぬ。おまえが迷ったときの、道しるべになろう」

「そうか、朱紱」

孝保は、そこではじめて微笑《ほほえ》んだ。笑うと、年相応の童に見える。

「おまえの名を、忘れないようにしよう」

そう言ったときの孝保の笑みに、朱紱は酷く囚《とら》われた。


「そのように、言っていたのに」

大きく息をついた朱紱は、縁に寝転んでいる。傍らには孝保が座っていた。庭に篝火《かがりび》が焚《た》かれているものの、月はなく微かに星が瞬いているだけの夜は暗い。そんな中で、朱紱はまたため息をつく。

「私の名を忘れぬと、言ったのに」

「忘れていたものは、仕方がなかろう」

どこか開き直った調子で、孝保は言った。

「なにしろこちらは、童だったのだからな。たった一度会っただけの者の名を覚えているほうが、不思議だろう」

「そうは言うが、私はおまえが陰陽師となるきっかけ……師と言ってもいい存在なのだぞ」

諦め悪く、朱紱は言った。

「それなのに、忘れているとはなにごとだ。まったく、礼儀もなにもなっておらぬ」

「年寄りか、おまえは」

孝保は笑ってそう言い、手にしている盃から酒を舐《な》めた。朱紱のもとにも、仄《ほの》かな酒の香りが漂ってくる。

「あれから、どうやって父親を説得したのだ」

朱紱が尋ねると、孝保は少しいたずらめいた表情をした。彼にはまったく、珍しい顔つきである。しかし彼が答えないので、朱紱は拗《す》ねた顔を見せた。

「私は、約束を守ったのに？」

「というと」

その表情をもとの仏頂面に戻して、孝保は言った。

「おまえが名をなす陰陽師になれば、迎えに来ると言った。だから私は桜の樹に我が眷属《けんぞく》を寄越し、おまえに予告してやったというのに」

「あのような手段は、乱暴なばかりだ」

苦々しく眉根を寄せて、孝保はさも厭《いや》そうな口調になる。

「見ろ、あまりにも見事にまっぷたつになってしまったものだから、皆が祟《たた》りだと恐れて近づかぬ。これでは庭を片づけることもままならぬわ」

「なに、雷神の加護だ」

朱紱は笑った。孝保はますます表情を苦くする。

「この家は雷神に守られていると、皆に言っておくがいい。なに、偽りではない。私はこの家を守ってやるぞ。おまえが、私のものである限りな」

「私は、おまえのものなどではない」

不機嫌な調子で、孝保は答える。

「加護などではなく、まさに祟りだな。おまえという疫病神がやってきた証《あかし》だ」

「私を疫病神というのなら、おまえは幼きころから疫病神に取り憑かれていた」

くつくつと、朱紱は笑う。

「おまえから呼び込んだのだぞ？　おまえが、その青い瞳で私を見るから」

「私の目は、青くない」

今度の彼の口調は、怒っていた。しかし朱紱は、なおも笑うばかりだ。

「そのようなことを言うのは、おまえだけだ」

「しかし本当に青いのだ。その目ゆえに私はおまえを見出し……」

朱紱は、振り返って孝保を見る。ますます不機嫌な顔をしている孝保を見て、にやりと笑った。

「おまえに、惚《ほ》れた」

「迷惑なことばかり言う」

吐き捨てるように孝保は言って、朱紱からふいと視線を逸《そ》らせてしまう。

「たかだか五歳の童をつかまえて、惚れただと？　とんだ趣味だな」

「本当のことなのだから、仕方がない。それよりもおまえは、私の導きのとおり陰陽師となった。そのことこそ、私への想いだとは思わぬか」

「くだらないことを」

孝保は、盃の酒を飲み干した。

「おまえの妄想だ。まったく、雷神であるがくせに、まるで人間のような妄執を」

「それだけ、人間に近い感情を持っている……人間に近い神だということだよ」

朱紱は起きあがり、孝保の盃に新しい酒を注いでやった。それを孝保は、拒まなかった。

「おまえたち人間に、近しい神。なに、そのほうが親しみを持てるだろう」

「親しみなど、欲しくはない」

変わらず冷たい調子で、孝保は答える。

「神は神らしく、天人界に住まわっておればよいものを。のこのこと人間の世界にやってきて、こうやって人間と馴《な》れ合っているとはなにごとだ」

「なに、おまえは並みの人間ではない」

「陰陽師だからか」

「その中でも、とびきりのな」

にやにやと笑って。朱紱は言った。

「なるほど、居心地自体は天人界のほうがいいな……あちらのほうが空気もいいし、食いものも美味《うま》い」

「では、さっさと帰れ」

冷たい口調で、孝保は朱紱をあしらうのだ。

「このような場所に、長居は無用だろう。さっさと帰ってしまえ」

「しかし、ここにはおまえがいる」

孝保の言葉にもめげず、うたうように朱紱は言った。

「あのとき、私は言っただろう。おまえが名を馳せる陰陽師になれば、迎えに来ると。立派にそうなったおまえに、こうやって再び会うことができたのだ。ちょっとやそっとのことでは、おまえから離れぬよ」

「まったく、迷惑な話だ」

孝保はため息をついた。しかしその吐息に、わずかばかりに甘いものがあることに朱紱は気づいている。彼が笑みを絶やさないのは、そのためだ。

「いいから、さっさと帰れ」

「私が帰るときは、おまえが人としての生を終えるときだ」

朱紱の言葉に、孝保はぎくりとしたような顔をした。

「……縁起でもないことを言うな。言霊《ことだま》というものを知らぬのか」

「それにおまえも、私がいたほうがいいだろう？　なにしろおまえと私は、相棒だ。帝にもそう認められた、代えがたき相棒だ」

「相棒とか、言うな」

怒った口調で、孝保は言う。

「私には、そのつもりはない」

「ほぉ、帝のお言葉に逆らうのか」

そう言ってやると、孝保には逆らいようがないらしい。彼は悔しそうな顔をしたが、それはますます朱紱を喜ばせるばかりである。

「おまえがそのつもりなら、私は構わんがな。なに、帝もただの人間だ。ほかの人間よりも、多少は神に近くはあるが」

「畏《おそ》れ多いことを言うな」

先ほど、自分の死を暗示させることを言われたとき以上に、孝保は苦い顔をした。

「おまえなぞが、帝のことに口を差し挟むなど。あまりにも畏れ多くて、御所のほうを向けぬわ」

「やれやれ、忠義者だなぁ」

呆《あき》れた口調で朱紱は言って。そしてじっと孝保を見やる。見つめられて彼は居心地の悪そうな顔をした。

「なんだ」

「やはり、おまえの目は青い」

彼の瞳を見つめながら、朱紱はしみじみとした。

「あのとき、よくおまえを見つけたものだ。自分の眼力に感謝している」

「私の不幸がはじまったきっかけだ」

さも厭そうに、孝保は吐き出した。

「あのとき、おまえの庵の前に足を止めなければよかった。父上のおっしゃるとおりに、大学寮の博士を目指しておればよかった」

「しかしそれでは、おまえの悩みは晴れなかったぞ?」

からかうように、朱紱は言った。

「物の怪や鬼が見えて、それでおまえはよかったのか？　今だからこそ祓《はら》えるものの、博士などになっていては心の平穏はなかったぞ」

「その道を拓《ひら》いたのが、おまえだったと言いたいのか？」

「さもあらん」

くつくつと笑いながら、朱紱は言う。

「愛《いと》おしいおまえが、そう言ってくれるのならな」

「ふざけるな」

ぴしりと、厳しい調子で孝保が言う。

「あのときおまえに会おうと会うまいと、私は陰陽師になっていた。東市で争ったとき、勝ったのは私だということを忘れるなよ」

「私が、手を抜いたとしても？」

「なに……！」

孝保は色めき立った。そんな彼を前に、朱紱はくすくすと笑っている。

「本当か、手を抜いたというのは！」

「さぁ、どうだろうなぁ？」

朱紱はとぼけてみせた。孝保はいきり立っていて、その隙《すき》に彼の唇を盗むと、孝保はますます激昂《げっこう》した。

「ふざけるな、いい加減にしろ」

なおもにやにやと笑って、朱紱は酒を干す。つんけんとした見かけは表だけ、これほどに表情豊かなこの恋人を手放すことなどできないと、朱紱は彼への想いを馳せるのだった。

（終）

あとがき

こんにちは、雛宮です。お手に取ってくださり、まことにありがとうございます。

おかげさまでご好評をいただきまして、三冊目の平安ものになります。陰陽師ものは二冊目。皆さま、平安とか陰陽師とかお好きですね？　ええ、私も大好きです。というわけで、今回も大変楽しく書かせていただきました。平安ものは、季節とか衣装とかの描写が楽しくてていいですね。あと、食べものも。いろいろと調べものするのが楽しかったです。

このたびは、豪胆な雷神×ツンデレ陰陽師です。雷神はタカビーで偉そうで、ツンデレ陰陽師を振りまわしますが、陰陽師は口ではいやと言いながら、実はそれほどいやだと思っていないような……本人は最後までツンデレを貫いているつもりですが、実際のところはどうなのか。結局、雷神の思うがままになっているような？　今回はそういうにやにやをいっぱい仕込みましたので、そこらへんお読みいただいて確かめて、思う存分にやにやしていただければと思います。私も、にやにやしながら書きました。

今回は幼子も出てきました。こんなふうに大人っぽい幼子はとっても好み。瑠璃宮、イラストにも出てきて嬉しかったです。なんのかんのと健気な黄丹も、そんな彼と睨み合う朱紱のイラストもすごくカッコよくて、担当さんと興奮しておりました。

というわけで、イラストを担当してくださった、まつだいお先生。前回の平安もの『皇子のいきすぎたご寵愛』に続き、お世話になりました。表紙の、振り返った孝保の視線が大好きで、朱紱の不敵な笑みも大好きで。本文イラストも、ツンデレの孝保が蕩ける表情とか最高でした。ありがとうございました。

そういえば、最近ジムに通うようになりました。目的はもちろんダイエットなのですが、体重はなかなか減りません。友人は「筋肉になってるんだ」と言ってくれるんですが、そうなのかなぁ。ですが性格（？）が少し明るくなったような気がします。積極的に部屋の片づけしたりするようになりました。体動かすといいって本当なんだな、と思います。

そんなこんなで、いつもお世話になっております担当さん、出版社の皆さま。なによりも、読んでくださったあなたに。最大級の感謝を捧げます。本当にありがとうございます。

またお目にかかれますように、祈っております。

雛宮さゆら

本作品は書き下ろしです。

ラルーナ文庫

この本を読んでのご意見・ご感想・ファンレターなどお待ちしております。〒111-0036 東京都台東区松が谷1-4-6-303 株式会社シーラボ「ラルーナ文庫編集部」気付でお送りください。

雷神《らいじん》は陰陽師《おんみょうじ》を恋呪《れんじゅ》する

2018年3月7日 第1刷発行

著　　　者｜雛宮《ひなみや》 さゆら

装丁・DTP｜萩原 七唱

発　行　人｜曺 仁警

発　行　所｜株式会社 シーラボ
〒111-0036 東京都台東区松が谷1-4-6-303
電話 03-5830-3474／FAX 03-5830-3574
http://lalunabunko.com

発　　　売｜株式会社 三交社
〒110-0016 東京都台東区台東4-20-9 大仙柴田ビル2階
電話 03-5826-4424／FAX 03-5826-4425

印刷・製本｜中央精版印刷株式会社

ISBN978-4-87919-012-3